Isabel Garcia Gomez

En attendant Heidi

roman

L'Aire

ALCANTARA
collection

Les Éditions de l'Aire bénéficient d'un soutien de l'Office fédéral de la Culture pour les années 2021-2024

Les Éditions de l'Aire S.A. bénéficient d'un soutien structurel du service des affaires culturelles du canton de Vaud et de la ville de Vevey

I

J'aurais pu, bien sûr, ne pas provoquer mon destin dans cet hôtel. Je savais bien, en y allant, qu'il m'y attendrait, en rigolant. Mais voilà, j'étais accoudée au comptoir, mon sac avachi à mes pieds, et j'attendais que le réceptionniste s'occupe de moi, quand il aurait fini de renseigner cette dame.

C'était l'heure de la sieste et le hall bruissait sobrement d'une activité engourdie. Un halo de voix frémissait au-dessus du cercle formé par un petit groupe : deux femmes, trois hommes, d'un âge un peu las, devisaient manteaux sur le bras, indécis. On discutait d'une sortie, ou de la possibilité d'une sieste, peut-être. L'un d'eux, alternant machinalement l'appui de ses jambes au sol, traversait ainsi un rayon de soleil filtrant à travers la verrière, le visage passant d'un côté à l'autre de la frontière lumineuse, hésitant à choisir son camp. Plus loin, un couple attendait l'ascenseur, dont un grincement de ferraille précéda l'arrivée : glissant des bras d'un escalier à double révolution, une cage de verre vint se couler à l'intérieur d'une deuxième cage, grillagée. Enfermées dans cette belle volière, trois silhouettes, dont une blanche. Les rouages s'étaient arrêtés, les grincements s'étaient tus, mais les silhouettes ne bougèrent pas. J'entendis un petit déclic qui, je compris, annonçait le déverrouillage de la porte. Alors, comme un coucou suisse – aurais-je eu cette image dans un hôtel new-yorkais –, comme un coucou suisse, la porte accordéon s'ouvrit dans le fracas désordonné des ciseaux articulés et la silhouette blanche, qui n'était autre qu'un liftier, en sortit à moitié, invita d'un geste les deux silhouettes sombres à sortir et le couple à entrer, se rabattit à son tour à l'intérieur, puis referma la porte. Il pressa un bouton et, lentement, dans un silence à peine troublé de petits crissements chatouilleux, la cage prit son envol.

Je m'approchai de la salle du restaurant, m'arrêtai devant la baie cloisonnée qui la séparait du hall et surpris, dans le reflet, le regard d'une femme. Ses tête, torse et bas du corps étaient encadrés séparément par les traverses de bois découpant le verre en carreaux, comme de petits tableaux singuliers en attente d'être réunis. Elle avait un corps longiligne dans une robe floue, un visage anguleux ceint d'un casque noir, précis, taillé au carré. Elle se tenait probablement derrière moi. Si elle était derrière moi, je me demandai où j'étais. Je cherchai dans le reflet mon corps, mon visage, ou à défaut la mèche blonde et flottante qui toujours résistait à l'autorité. Je me retournai : je ne trouvai non plus personne, ni derrière, ni à côté de moi. Quand je revins vers mon reflet, je remarquai que le visage de la femme revenait du même mouvement. Nous hochâmes la tête : nous nous étions reconnues. J'avais oublié ma métamorphose opérée au salon de coiffure de Zürich. C'était arrivé pendant mon voyage : j'avais changé à Genève. Il me semblait qu'il y avait un jet d'eau, qu'il fallait voir. J'avais cherché par les fenêtres du train, je ne l'avais pas vu. Prochain changement Zürich. J'avais manqué ma correspondance. Je croyais cela impossible : les trains suisses, la régularité suisse, les montres, tout cela. Mais le train de Genève avait eu du retard. Cinq minutes. Ce n'était rien, mais dans un trajet suisse cela vous fichait en l'air la sereine fluidité promise par l'enchaînement des correspondances : le train qui arrive en gare, on descend, on monte dans le train en face, sur le même quai, on s'assied, voilà qu'il s'ébranle. Mais là, il s'était ébranlé avant que mon train de Genève n'arrivât. J'étais allée voir la gare de Zürich. Elle était grande, efficace, précise. Chacun allait d'un pas sûr vers son quai, sans se bousculer. Il y avait ceux qui sortaient de la gare, aussi, qui m'avaient entraînée dehors, dehors il y avait un salon de coiffure, dans le salon de coiffure j'étais entrée : j'avais perdu le train suivant. Je tournai la tête pour voir mon profil, menton tendu en avant, épaules en arrière, regard de biais, suspendu, attentif : j'avais le cou fin et nerveux, coupé net par la ligne du carré de mes cheveux qui oscillait comme une faux, frôlant dangereusement ma nuque sans défense.

Donc voilà que j'étais brune. Brune et anonyme. Ici je pouvais être qui je voulais. Mes actes seraient attribués à cette image que je voyais dans le reflet. Ils ne me seraient pas attribués à moi. Ils ne seraient attribués à personne. Cette image dans le reflet n'était personne. Je me demandai si Heidi savait cela, quand elle avait décidé de m'envoyer l'attendre ici. Mais elle ne pouvait savoir que je changerais d'apparence. Pourtant cette image, c'était une double création : la sienne, et la mienne.

Je tournai la tête, un peu vivement, pour me faire face à nouveau. Le casque sombre se souleva légèrement, libéra ma nuque, retomba et, quand l'image se figea, de l'autre côté de la vitre je remarquai une tache sombre, imprécise, mais insistante. Mon regard passa au travers du reflet et je remarquai alors, debout contre une baie donnant sur l'extérieur, au fond du restaurant, un autre regard. C'était un homme, il me fixait. Je me reculai brusquement. Mon reflet inquiet interrogea mon regard : depuis combien de temps m'observait-il. Je le cherchai de nouveau, mais mon reflet reculé avait modifié la composition des tableaux. C'était trop tard, il avait disparu.

Je retournai au comptoir. Au même moment, la dame le quitta, et je la regardai trottiner vers le groupe qui, je le comprenais à présent, l'attendait simplement. À l'annonce qu'elle leur fit, sans discuter, ils mirent d'un même geste leur manteau sur l'épaule et se dirigèrent vers la porte tambour à trois vantaux, se laissant l'un après l'autre emporter dans sa valse lente. Une promenade donc. Le réceptionniste était maintenant derrière moi, il semblait parler au téléphone, et la conversation devait être difficile car il répétait « Madame, Madame, Madame ! » Sur un petit guéridon, je remarquai une orchidée, une orchidée aux fleurs rose pâle un peu zébré de brun. Je la regardai avec l'attention que l'on peut porter aux choses quand, dans la parenthèse de l'attente, elles se trouvent soudain le sujet d'une considération transitoire qu'on sait, fatalement, devoir être interrompue par l'arrivée de ce qu'on attend. Pourtant, pensai-je en m'approchant pour la sentir – elle ne sentait rien –, l'orchidée mérite le plus grand intérêt du seul fait de la beauté infiniment délicate de sa fleur qui, si l'on voulait bien lui accorder du temps, suffirait à interroger jusqu'aux mystères de la création – et son étymologie, aussi. Et pourtant on n'en fait rien. En général on passe devant sans plus la voir, l'orchidée devenue décoration de supermarché, comme le début de la 5e Symphonie de Beethoven qu'on entend sans plus l'entendre, qu'on reconnaît sans plus la reconnaître, et alors, quand on décide de la regarder à nouveau, l'orchidée, quand on décide de se laisser aller à s'en émerveiller, c'est comme entrer dans la Symphonie et la ressentir de l'intérieur, la faire entrer au plus profond de soi, s'en imprégner, s'en émouvoir. Il y avait un lien certain entre l'orchidée et la 5e Symphonie, mais derrière moi le ton montait : « Madame ! Madame ! » Je me retournai, un peu agacée. C'était à moi que le réceptionniste s'adressait. Visiblement il contenait lui aussi un agacement, fort compréhensible.

Il me mena devant le registre, un grand cahier relié de cuir. Je me demandai où j'en avais vu un de semblable : dans *Barton Fink* peut-être. Il faudrait que je vérifie. Il me demanda d'écrire mon nom, à la suite des sept autres entrées du jour, ainsi que je comptai. Il le lut, et me dit : « Mademoiselle Alice T. ? C'est vous qui occupez la chambre de Madame S. ? » J'opinai. « Ah, gut, très bien, gut. Eh bien. Un bel chambre vous avez ! Terrasse, belle vue ! » Et tout à l'enthousiasme de m'annoncer cette bonne nouvelle, il me raconta les horaires, des repas, des bains thermaux, des navettes lacustres, du coucher de soleil, des remontées mécaniques, beaucoup de choses. Je demandai s'il savait quand Madame S. viendrait, il haussa épaules et sourcils : il ne savait pas. Puis il fit tinter une petite clochette, une porte dérobée s'ouvrit à droite du tableau des clefs et un bagagiste en sortit, vêtu de bleu et d'ennui. Il contourna le comptoir, vit mon sac encore avachi, en chercha un autre, n'en trouva point, en laissa tomber ses bras, ses paupières et me précéda vers l'ascenseur, qu'il appela. Quand la porte s'ouvrit et qu'il dit au liftier « Fünfste », un sentiment de révolte tout léger, mais légitime, me retint de découvrir ma chambre accompagnée de ce porteur aux yeux las. Ce n'était pas tous les jours que j'allais découvrir un bel chambre avec terrasse et belle vue. Je mis un pied contre la porte accordéon. Lui bloquant de ce geste l'entrée, je me rendis compte que c'était un peu plus brusque que je ne le souhaitais réellement, mais c'était fait, c'était trop tard, alors lui tendant la main pour recevoir la clef je lui demandai : « Quel numéro, la chambre ? » Surpris de mon geste et ne comprenant pas le français, ou les deux, peut-être, il haussa les sourcils, ce qui étira un peu ses paupières. « Welchem Zimmer ? » dit à son tour le liftier, et ce faisant il me jeta un petit regard complice en clignant de l'œil, ou peut-être l'imaginai-je seulement, ce clignement, qu'importe : il était sympathique ce liftier, sous ses airs rigides. Le bagagiste hésita. Je me demandai s'il hésitait parce qu'il était tenu de m'accompagner dans ma chambre, ou attendait un pourboire qui ne viendrait pas, ou voulait se la garder pour lui, cette information, jusqu'au plus tard possible, petit pouvoir, seul pouvoir certainement qu'il possédait ici : la connaissance de certains faits avant les clients. Mais il haussa les épaules et, déposant d'un geste maussade la clef dans ma main : « 514 », dit-il en allemand, « 514 », me traduisit le liftier en français. « Danke », dis-je, « Danke », traduisit le liftier, avec un sourire en coin, en coin il était cette fois, j'en suis sûre. Je libérai la porte, que le liftier referma. Et le bagagiste nous regarda disparaître, jusqu'à ce que le port de sa tête, peut-être, fatiguât trop sa nuque, et qu'il la laissât retomber.

Dans l'ascenseur, le liftier avait repris sa pose. Il regardait en face de lui, là où je n'étais pas. Polie, je vins en face de lui. Ses yeux partirent un peu sur le côté, puis se baissèrent. J'en profitai pour regarder son badge, encadré d'un liseré doré, et je lus son nom : Hector. Revenant à son visage, je remarquai qu'Hector avait les joues rondes, dont l'une un peu rouge, comme un abricot. Il releva les yeux à son tour et dans son regard je lus, je crus lire, qu'il m'avait déclassée de la clientèle habituelle. Il n'avait pas ostensiblement regardé mon sac (toujours avachi), mais évidemment, il avait l'œil, ma personne tout entière devait dire que je n'avais pas ma place ici. C'est ce qui l'encouragea, probablement, à me demander : « Erste mal ? Première fois ? » (dans les deux langues : peut-être avait-il pour projet de m'apprendre l'allemand, voire le suisse-allemand). « Oui, première fois », je répondis. « Alors vous parlez français », je continuai, mais cela n'avait rien à voir, et d'ailleurs nous étions arrivés. « Ja », dit-il. Il ouvrit les portes accordéon, d'un geste emphatique qui me dévoila le couloir et cette information : « J'ai vécu quelques années à Sion », dit-il.

Je sortis de l'ascenseur, me tournai vers lui et lui demandai : « Une jolie ville, Sion ? »

« Oui, mais – il ferma les portes et, haussant la voix pour couvrir le bruit –, trop enfermée dans les montagnes. Je devenais… comment dit-on ? ah, ja : claustrophobe. » Ce disant, il disparut, englouti par l'étage inférieur. Je restai seule avec la résonance du fracas des portes, dont l'écho métallique se projeta de part et d'autre du couloir, happé et renvoyé d'une ligne à l'autre du papier peint, s'essoufflant à chaque palier de porte qui d'un croque-en-jambe en contrariait l'élan, et alla mourir contre une porte vitrée qui clôturait le couloir. Moi, je m'arrêtai juste avant, à la porte de ma chambre. 514.

II

Devant moi, penchée sur le comptoir, l'hôtesse faisait tourner les pages avec ferveur et, de son index, pointait les titres qui les chapeautaient, en même temps qu'elle me les prononçait avec application, en insistant bien sur les voyelles longues: « Massaaagen, Ayurveeeda, Peeeling, Bad, Kosmeeetik... » Une fois arrivée à la dernière page, elle me regarda avec des yeux interrogateurs. Je compris qu'il fallait faire un choix, alors je choisis, peu téméraire: « Massaaagen ». Instantanément, elle tourna les pages d'un geste vif et expert: peelings, ayurveda, bains et autres soins défilèrent en arrière, évincés de la course, et on arriva enfin à la page Massagen – la jeune fille pointa du doigt Massagen et me regarda d'un air entendu et satisfait –, puis son doigt descendit sur la première ligne du menu. Elle tapota deux fois dessus, pour que je comprenne bien de quoi on parlait. Puis elle fit un pas en arrière, pour que je la voie bien, ou que je la regarde bien. Ce que je fis. Elle croisa les bras devant sa poitrine, sa main gauche vint se placer sur l'omoplate droite, sa main droite sur l'omoplate gauche, et les deux mains descendirent de concert le long du dos jusqu'au bassin. Elle recommença le geste une nouvelle fois puis : « Teilkörpermassage », dit-elle. Sans se rapprocher, mais se courbant un peu pour l'atteindre, elle remit le doigt sur la page, pointa cette fois la deuxième ligne, se redressa et recommença les mêmes gestes, hormis que cette fois elle descendit jusqu'aux chevilles, et les bras restés croisés tout en longeant ses jambes elle se retrouva pliée en deux, cachée soudain par le comptoir au-dessus duquel je me penchai à mon tour, regardant ses bras emmêlés dans sa longue chevelure qui avait passé par-dessus bord, s'était étalée un moment sur le comptoir avec souplesse et brillance puis avait glissé, ce qui eut pour conséquence qu'en se relevant elle dut s'ébrouer pour remettre ses cheveux en place, le visage rouge d'être resté tête en bas et, quelques secondes après, le dos à nouveau bien droit, les épaules en arrière et la nuque dressée, elle proclama : « Ganzkörpermassage », en appuyant bien sur Ganz. Elle chercha dans mon regard une validation quelconque d'une des deux propositions mais, insensible, mon regard était déjà revenu à la liste : à voir l'engagement qu'elle mettait à la démonstration de simples massages, j'étais sacrément curieuse de la voir mimer la suite du programme, qui s'annonçait plus complexe à mesure que les noms composés prenaient de la longueur sur la liste. Avec nonchalance je pointai Aromaöl Massage. Je comprenais bien de quoi il s'agissait, je n'avais pas besoin qu'elle me l'expliquât, mais j'avais envie de la voir mimer les huiles essentielles. Le sourire professionnel toujours campé sur ses lèvres, elle ne se laissa pas démonter. Son menton se dressa en avant et son regard partit s'égarer au loin derrière moi, frôlant au passage mon visage par la droite. Ses narines s'ouvrirent, palpitèrent, et une main se mit à faire dans les airs des petites vaguelettes ondoyantes, les doigts pianotant légèrement à l'approche de son nez. Après avoir joué trois fois d'affilée le rôle de l'effluve qui flotte dans les airs, elle me regarda en haussant les sourcils, pas bien sûre d'avoir été bien claire peut-être, mais la démonstration poétique m'avait plu, alors je hochai la tête en signe d'assentiment. Elle crut probablement que je validais le soin, car elle se baissa prestement, fourragea dans un casier sous le comptoir pour en sortir un planning. Elle allait se saisir d'un stylo quand je dis « Nein » et pointai le doigt sur la dernière proposition de la liste. C'est vrai, réellement j'avais envie de savoir ce que c'était : la description commençait par Klang, et je m'imaginais quelque chose de vigoureux et de vivifiant, bref, j'étais intriguée. « Ach », dit-elle, toujours armée de son sourire professionnel, le regard toujours ouvert et toujours exempt d'un quelconque agacement : « Klangschalenmassage ! » Elle opina du chef, le produit semblait digne d'intérêt, et chercha des yeux quelque chose qui pourrait l'aider à m'expliquer. Son choix s'arrêta sur un pot à stylos. Elle le vida, garda un stylo, et chercha mon regard. Quand elle fut certaine d'avoir ma concentration entière, elle posa son avant-bras sur le comptoir, dos contre le bois, prit le pot de sa main droite, le retourna, le posa sur son bras, s'y reprit à plusieurs fois pour parvenir à le faire tenir en équilibre puis, sans le quitter des yeux, elle prit le stylo, me jeta un bref coup d'œil pour s'assurer que je n'allais pas manquer l'acte crucial de sa démonstration. Alors elle frappa le pot avec le stylo, d'un petit geste sec et précis qui ne déstabilisa pas d'un iota le bol, et dont j'admirai la virtuosité. Aussitôt elle posa le stylo, me montra une de ses oreilles de son index libre, pencha la tête en arrière, ferma les yeux et mit sur ses lèvres un sourire de béatitude, qu'elle prolongea le temps d'une résonance imaginaire du pot, car bien sûr, le choc avait été mat et étouffé. C'est alors, tandis que vibraient dans l'air les dernières ondes, que le pot glissa de son bras, fit ploc sur le bois, roula sur le comptoir, chuta et alla se cogner au sol, rebondit quelques fois, roula encore et alla finir sa course quelque part sous le colimaçon de l'escalier, lequel couvait de sa tendre coquille le comptoir. La jeune fille regarda la disparition de l'objet, fronça les sourcils et jugea certainement que ce n'était pas le moment de se mettre à quatre pattes à la recherche d'un pot. Alors comme si de rien n'était, elle posa son doigt sur le nom du soin et redit, avec autant d'application que la première fois, mais les joues un peu rouges cette fois : « Klangschalenmassage ». Convaincue par sa démonstration, je me penchai sur le catalogue, tournai distraitement les pages en arrière et pointai, au hasard : Peeling.

Surprise mais réactive, elle ouvrit son planning, fit glisser un doigt sur une page et le pointa devant moi sur la case de 9 heures, puis remonta son doigt sur le jour : Samstag. Elle dut comprendre que je n'étais pas bien sûre de la traduction, et me dit : « Morgen : same-di ? » J'opinai du chef. Ma clef de chambre heureusement posée sur le comptoir et nous épargnant de fait un nouvel échange périlleux, elle s'en empara, regarda le numéro et en remplit consciencieusement la case : 514.

III

Ce que j'aimais le plus à cette époque, quand j'arrivais dans un hôtel – et ce serait certainement la même chose aujourd'hui, si je pouvais aller à l'hôtel, mais je ne peux plus, en tout cas pour un certain temps – c'était en ouvrir la porte pour la première fois. On en a tous déjà fait l'expérience : la fois suivante le mystère est parti, car tout est déjà dit. La première information sur laquelle ouvre la porte est l'odeur, bavarde d'histoires superposées de cigarettes fumées à la fenêtre, de sueur après l'amour, de chips grignotées devant la télévision, d'alcools sortis du minibar (vous monterez bien boire un dernier verre ?), le tout masqué par les produits d'entretien qui essaient péniblement d'annuler les histoires. Mais les histoires s'imprègnent dans les murs, tout le monde le sait. Puis c'est l'espace. Parfois, il s'ouvre en même temps que la porte : franc, on voit le lit, la porte de la salle de bain, et on a déjà tout compris. Ou alors l'espace à explorer : on se faufile d'abord dans un couloir étroit, à gauche il y a un placard, puis la porte de la salle de bain, on hésite à l'ouvrir mais on espère une surprise, alors on temporise, on continue, et déjà on tombe sur le lit, presque, car c'est tout ce qu'il y a à voir, avant la fenêtre.

Cette fois, quand j'en ouvris la porte pour la première fois, ce ne fut pas la chambre que je reçus mais, de plein fouet, la vue. Magistrale : sur les montagnes, encadrée par une immense baie vitrée courant sur toute l'envergure de la pièce, laquelle se prolongeait en une longue et large terrasse extérieure. Ce n'était pas une chambre, c'était un belvédère. Je réalisai que, je ne l'avais pas remarqué en arrivant, je me trouvais dans une surélévation du vieil hôtel (comment avaient-ils fait pour prolonger d'un étage la cage du vieil ascenseur ?) où chaque chambre devait comme la mienne ouvrir sur une terrasse assez vaste pour couvrir les chambres inférieures.

Je sortis sur la terrasse et la traversai. En se tenant contre le garde-corps de verre arpenté par une fine barre en inox, le regard plongeait sur l'entrée de l'hôtel et, sur la droite, une piscine parcellaire, cachée en partie par l'auvent de ce que j'appris plus tard être le bâtiment des thermes. Plus loin, au pied de la montagne, miroitait le lac.

En retournant dans la chambre, je laissai traîner un regard intéressé sur deux transats séparés d'une petite table basse avec, dessus, un cocktail, dans lequel je remarquai quelques feuilles de menthe et des glaçons encore frais – qui avait amené, avant moi, ce verre ?

Dans la chambre, perpendiculaire à la baie vitrée se dressait un mur percé de trois hublots, desquels je pouvais voir, toujours parcellaire, la piscine, et le mur des thermes, longue paroi de béton nue et sans ouvertures. Le hublot le plus proche de la baie était pourvu d'un large rebord intérieur couvert d'un fin matelas velouté, créant un espace de détente en méridienne et ouvrant à la contemplation du paysage : de là on voyait le lac et, plus bas, un petit bout de piscine encore. Revenant du regard dans la pièce, je me fis la remarque que c'était étonnant : dans cette chambre louée à l'année, Heidi ne laissait aucune affaire personnelle.

Devant le hublot-méridienne s'étageait une table basse faite d'une tôle d'acier corten en escalier : palier du haut pour servir le hublot, palier du bas pour servir deux fauteuils de velours crème. Assis à même le sol, les formes relâchées sans être molles, ils conversaient, l'air de rien, dans une nonchalance tout aristocrate. Leurs bras se cherchaient sans se toucher. Ils savaient se tenir.

Sous le deuxième hublot, au centre de la paroi, s'étirait la baignoire. C'était une baignoire de forme oblongue, pas tout à fait ovoïde, à trois pieds, blanche. Assez vaste, il faut dire : on pouvait bien y tenir à deux. Sa situation dans la pièce, presque centrale, était pour le moins surprenante : on y pouvait, par exemple, se prélasser nu – ou nue, ou nus, ou nues – tout en trinquant avec des convives assis quant à eux dans les fauteuils.

Toujours côté hublots, après la baignoire, un lavabo blanc flottait paisiblement sur un meuble de bois clair lévitant au-dessus du parquet, de peur de se salir les pieds, que de fait il n'avait pas. Au-dessus de lui, un grand miroir rond trompait l'espace en couvrant – je supposai – un troisième et dernier hublot. Il renvoyait l'image de trois abat-jour sphériques suspendus au-dessus du lit, et tout cela semblait flotter dans les airs, comme des bulles de savon légères, prêtes à éclater.

Les seuls espaces cachés de la pièce étaient finalement les toilettes, à droite de la porte d'entrée, et derrière elles une douche à l'italienne, qui profitait de leur paroi et ouvrait sur le lavabo. À gauche de l'entrée se projetait une enfilade de placards. Il suffisait d'en caresser les portes pour qu'elles se déportent latéralement, dans une fluidité et un silence déconcertants.

Enfin, et ce n'était pas le moindre effet de la chambre, devant la paroi opposée aux hublots se déployait une estrade aux bordures ondulantes, qui accueillait un lit gigantesque et un espace bureau, auxquels on accédait en montant un petit escalier de deux marches courant tout le long, qui n'était pas vraiment nécessaire, sinon pour fluidifier la progression vers le rêve, peut-être.

Bref, le cocktail m'attendait.

IV

J'avais pris l'habitude de m'asseoir toujours à la même table, sur la terrasse du restaurant, pour prendre mon petit déjeuner. De ma place j'avais une vue en plongée sur le lac, juste barrée par une haie de buis, mais je n'avais pas de mal à imaginer la vue. De l'autre côté de la haie, un petit sentier pédestre y descendait, et non seulement la promenade était très agréable, mais elle se terminait sur une petite plage tout à fait charmante : une expérience inoubliable que de se baigner dans des eaux qui viennent de dévaler les falaises, je vous assure, m'avait dit le réceptionniste. J'irais bientôt, quand j'aurais le temps.

Tournant nonchalamment ma cuiller dans la tasse de café – bien que je ne l'eusse pas sucré : j'aimais le geste et le tintement du métal sur la porcelaine – je dressai le regard en quête de distraction. Autour de moi les tables se vidaient peu à peu. Les habitudes des convives restants, qui partageaient les tardives miennes, n'avaient plus de secret pour moi : je connaissais déjà leur confiture préférée, la cuisson de leurs œufs brouillés, le moment où ils se lèveraient pour aller chercher une nouvelle tranche de pain, celui – juste avant de se lever, quand le serveur lui tournerait le dos – où cette femme enroberait discrètement quelques morceaux de pain et de fromage d'une serviette, la glisserait furtivement dans son sac à main puis, d'un petit raclement de gorge, clôturerait son larcin. Je m'ennuyais un peu, à vrai dire. Le lac était encore endormi, le vent anémique : les quelques rares voiles qui le piquaient de leur empreinte blanche avançaient au ralenti, supposai-je. Je décidai de m'intéresser à deux moineaux qui venaient de se poser dans l'herbe, au pied de la terrasse. Ils semblaient avoir trouvé des restes de miettes sur le gazon et en sillonnaient un carré méticuleusement, en zig-zag, un carré semblait-il bien défini car à chaque fois qu'ils atteignaient une ligne invisible, ils repartaient en sens inverse, picorant l'herbe jusqu'à une nouvelle limite qui marquait un nouveau retour. Et alors que je regardais leur volatile chorégraphie, par quelque étrange truchement de la mémoire je pensai à celle du *Lac des Cygnes*, et donc à Heidi, qui m'avait dit : « Pourquoi ne m'accompagneriez-vous pas dans ce voyage ? Vous occuper de moi vous sauriez très bien faire. » Je décidai de donner un nom aux moineaux. Ce seraient Grüsse, et Küsse, comme dans « Herzliche Grüsse und Küsse », formule de salutation qui était, à peu près, la seule chose que j'avais retenue de mes cours d'allemand. Küsse avait cessé de picorer et s'était mis à pépier, comme pour attirer l'attention de Grüsse. Celui-ci ne réagit pas : il avait relevé la tête, mais semblait attentif à quelque chose que je ne percevais pas. J'étais concentrée sur le tensiomètre. Elle était déjà assise sur le lit, sac à main posé sur les genoux. On attendait que son chauffeur arrive, pour l'amener à l'Opéra. Autour du cou, son collier de perles, qu'elle portait en permanence, le jour, la nuit, dans son bain, pour aller faire ses courses aussi. Je lui avais dit qu'elle risquait de se le faire arracher un jour, son collier. Un jour je finirais par le lui arracher, son collier, pour lui prouver qu'elle provoquait l'accident. Mais elle était tenace, Heidi. Je me demandais parfois pourquoi elle y était si attachée. Je ne le lui demandais pas. Piou piou ? demanda Küsse.

« Pourquoi ne m'accompagneriez-vous pas dans ce voyage », avait-elle dit, avec son léger accent germanique qui faisait d'elle une présence décalée dans son immeuble du 16e. Grüsse releva la tête mais ne répondit pas. Je l'avais regardée, je n'étais pas sûre de comprendre. Le moineau se remit à picorer. Elle avait pris une petite inspiration un peu agacée, et elle avait repris d'une voix plus lente, les mots bien détachés, de la voix qu'elle prenait en général pour me parler quand je ne comprenais pas ce qu'elle demandait, par exemple modifier une scène d'une chorégraphie alors que, voyez-vous, la chorégraphie avait déjà été créée. Küsse se rapprocha de Grüsse. Piou, insista-t-il. Il semblait vouloir attirer son attention sur quelque chose que je ne voyais toujours pas. Elle reprit, donc : « Voyons Alice. Si je voyage je ne travaille pas. Si je ne travaille pas vous ne travaillez pas. Qu'allez-vous avec pleinement de sens faire, sinon m'accompagner ? »

Ses paroles étaient crues, mais elles résumaient bien ma réalité, je n'aurais pas su dire mieux. Piou, s'accorda à répondre Grüsse, et il tourna le dos à Küsse. Je lui ai répondu « Douze-neuf, votre tension est parfaite ». Il m'arrivait de lui prendre sa tension, quand nous avions fini de travailler. J'ai rangé le tensiomètre, suis allée vers la fenêtre, ai croisé les bras, regardé dehors. Grüsse s'éloigna un peu de Küsse, peut-être allait-il explorer un nouveau carré. Dehors, c'était les fenêtres d'en face, les bureaux d'une boîte de design. À cette heure le reflet du soleil empêchait de voir l'intérieur des bureaux, et de toute façon c'était dimanche, il n'y avait personne. Les moineaux continuaient de picorer. Ils s'étaient déplacés dans un nouveau carré, mais mon attention avait été détournée par le manège des serveurs derrière les baies vitrées, et je n'avais pas observé la manœuvre. À présent ils étaient plus proches, ils se tournaient autour dans une ronde spontanée, comme une chorégraphie imprégnée dans leurs gènes. Ils se frôlaient parfois, sans jamais que le rythme de leurs sautillements ne ralentît. Grüsse s'arrêta de picorer, il regarda Küsse. Mais j'attendais qu'elle tempère un peu ses paroles. Pas du tout. « Gut, nous sommes d'accord alors, me dit-elle. Dans une semaine vous allez à l'hôtel Edelweiss, à B.. La chambre que je loue à l'année vous occuperez, vous profitez jusqu'à ce que j'arrive. Cela comme cela j'ai déjà appelé, tout est compris, vous y restez jusqu'à mon arrivée, et on part. Alles gut. À l'hôtel vous profitez de tout : restaurant, spa, profitez, profitez, après ce ne sera plus temps de s'amuser. Pendant le voyage, prendre ma tension et me noter une paire d'idées, cela vous savez bien faire. » Grüsse, qui avait probablement vu une miette intéressante devant le bec de Küsse, se rapprocha rapidement par petits sauts et finit sa course en bousculant un peu Küsse, qui fit un bond de côté, voleta un peu, et se retrouva dans le carré qu'il venait de laisser. Grüsse regarda Küsse, qui en effet tenait fièrement dans son bec une grosse miette : c'était quand même une belle prise.

J'ouvris la fenêtre, sortis sur le balcon et me tournai vers Heidi. Je trouvai qu'elle avait l'air de plus en plus fragile, que la roue tournait.

Les phrases de Heidi étaient souvent émaillées de traductions littérales ou de mots devenus désuets, héritage d'un apprentissage daté de la langue française. Avec l'âge je constatais que, peut-être par fatigue, elle faisait de moins en moins d'efforts pour conformer ses phrases à la structure française. Grüsse, qui avait regardé, la tête haute, Küsse avaler d'un coup de gosier sa miette, prit son envol, battit rapidement des ailes en faisant du sur-place, puis virevolta un peu au-dessus du terrain de chasse. Il se reposa juste à côté de Küsse, qui s'envola à son tour en l'éclaboussant au passage du bout de ses plumes puis, visiblement décidé à garder l'avantage, revint se poser au centre du carré et, gonflant le poitrail, toisa Grüsse.

J'allais répondre à Heidi quand Grüsse, exaspéré probablement d'être humilié par Küsse, s'en rapprocha lentement et – je ne l'avais pas vu venir – lui donna une gifle d'aile. Küsse, qui ne semblait pas s'attendre à l'attaque, désarçonné, s'envola dans un fouillis précipité de battements d'ailes et disparut de la scène. Je considérai l'ombre des pieds de ma table : il devait être l'heure de me rendre au spa.

V

« Vous savez, à mon poste – Hector, le liftier, se redressa imperceptiblement en le disant – je suis obligé de parler plusieurs langues. »

Je restai un peu interloquée : certes c'était la première fois que nous nous retrouvions seuls dans l'ascenseur, et le temps y était trop compté pour se perdre en formalités d'usage. Mais la porte à peine fermée, sans autre forme de procès, Hector poursuivait notre échange commencé quelques jours plus tôt. Sa spontanéité me plut cependant, comme un signe de reconnaissance : il ne se le permettait certainement pas avec la clientèle coutumière de l'hôtel.

« Combien en parlez-vous ?

– Cinq ! » dit-il fièrement.

« Eh bien ! Cela en fait beaucoup ! Lesquelles ?

– L'allemand, le français, l'anglais, l'italien, et – il ouvrit la porte – Grüezi !

– Grüezi ? » je m'étonnai.

« Grüezi », me répondit la femme qui venait d'entrer, en hochant légèrement la tête.

VI

Je n'en avais jamais fait, de peeling. Mais pourquoi pas. J'attendais, à l'accueil de l'espace Wellness, qu'une jeune femme aux mains douces vienne me chercher. À sa place apparut un homme à la carrure de rugbyman assorti à un regard de photo d'identité judiciaire. Je regardai ses mains, fortes et larges. Il grommela quelques mots dont je ne compris pas une consonne et m'indiqua une porte ouverte d'un geste du menton, lui-même conduit par une nuque forte et musculeuse. J'y entrai, poussée par son regard resté figé dans la direction de son menton. En passant la porte je réprimai un sourire: je m'étais imaginé un instant que derrière elle, je trouverais un établi sur lequel trônerait un gros rabot plat, dont il se servirait pour m'enlever par copeaux mes peaux mortes: finalement, rien ne précisait la technique du peeling. Mais heureusement, à la place de l'établi je trouvai une table de massage couverte d'une serviette blanche, immaculée, lévitant dans la lumière tamisée tel un duveteux tapis volant. Dessus, étalé, un slip en papier noir. L'homme, qui m'avait suivie, ferma la porte derrière lui, prit le slip entre deux doigts, le laissa suspendu ainsi entre nous en attendant qu'une expression sur mon visage indiquât que j'avais compris à quoi il servait, puis mon visage ayant dû exprimer ce qu'il fallait, il le déposa sur la table de massage. Il reprit mon regard, le dirigea sur la table en question que, d'une main, en l'air, il lissa – je compris : moi, allongée, à plat –, puis il mit une main sur son menton, le poussa vers le haut, accompagna le geste de son regard qui alla pointer le plafond, d'un index il me montra aussi le plafond – je compris : moi, allongée, à plat, le visage tourné vers le plafond –, et il sortit.

Je me déshabillai prestement, ne sachant combien de temps m'était imparti pour me retrouver allongée, à plat, le visage tourné vers le plafond, avec pour toute parure un slip en papier noir. Je l'enfilai, résistai à la tentation d'aller voir devant le miroir, de l'autre côté de la pièce, à quoi je ressemblais dans un slip en papier, m'allongeai sur mon tapis volant, et je commençais à réaliser que je m'exposais seins nus devant un homme inconnu quand celui-ci entra, ramassa une petite serviette sur une servante, la plia en deux dans le sens de la longueur et, d'un geste délicat, si délicat que je ne sentis qu'à peine le contact du tissu sur ma peau, la déposa sur mes seins. Et il sourit. Dans ce sourire je lus la satisfaction : tout était bien, il pouvait commencer.

Alors il se retourna, fit quelques pas dans la pièce (je ne le voyais pas : docile, j'observais le plafond), revint vers moi, attendit que je le regarde, leva une main qui tenait un flacon d'une huile, puis une autre qui tenait un pot de sel, et dit avec application la combinaison magique et germanique des deux produits : « Meersalz-Öl ». Il posa le pot de sel à côté de mes jambes, ouvrit le flacon, versa quelques gouttes d'huile dans le creux d'une main, reposa le flacon de l'autre côté de mes jambes, réunit ses paumes l'une contre l'autre et, dans un geste lent et méticuleux, le regard concentré sur ses mains, presque contemplatif, il pétrit l'onctueux liquide. Il sépara ses paumes et, comme s'il allait lui apposer sa bénédiction, les posa religieusement sur mon genou gauche. Une paume remonta sur ma cuisse, l'autre descendit sur mon tibia. Une fois l'huile répartie, il se sécha les mains dans une nouvelle serviette, prit le pot de sel, en préleva une pincée et, d'un geste souple et aérien, le souffle serein, la tête légèrement penchée sur la gauche, il parsema les grains de sels sur ma peau brillante. Un sourire de contentement sur les lèvres comme s'il venait d'achever avec succès la première partie d'une recette, il reposa ses mains sur ma cuisse et commença à faire pénétrer son assaisonnement dans ma chair, par mouvements profonds et circulaires, mais délicats. Je détendis ma nuque crispée d'avoir regardé la cérémonie, fermai les yeux et savourai le plaisir que me procurait ce massage à la fois râpeux et voluptueux, si différent des innombrables et douloureuses séances de rééducation dont mes membres avaient imprégné leur mémoire. C'est alors que, poussée vers moi par l'odeur d'huiles essentielles qui imprégnait la pièce, peut-être, je crus reconnaître en elles les senteurs du thym, de l'origan et du romarin, et l'image apparut : je revis ma grand-mère, dans la cuisine du corps de ferme où j'allais la rejoindre chaque été, qui m'expliquait comment faire pénétrer l'huile et les aromates dans le gigot du dimanche, en le massant, là, oui, comme ça, masse-le bien, tu dois faire pénétrer les parfums jusqu'au plus profond de sa chair. En même temps que l'image me vint l'idée, cruelle, que de toute l'existence de l'agneau que je n'avais pas voulu voir abattre et que pourtant je massais, de mes petites mains d'enfant, c'était le seul geste d'amour qui lui aurait jamais été procuré, et je me dis, pensée aussi insolite qu'elle était sincère, que si un jour j'élevais des agneaux, tous les jours j'irais les masser. Je rouvris les yeux. L'homme était passé à mon autre jambe et, tête penchée sur la droite maintenant, il malaxait ma chair : elle serait bientôt prête pour la cuisson. Je crus percevoir sa langue passer subrepticement sur ses lèvres, et son appétit, et ses mains de boucher qui me préparaient avec tendresse, tout cela me fit ressentir soudain un désir, je ne savais pas de quoi, de l'homme, ou du gigot de mon enfance.

VII

J'étais allée visiter les thermes au matin de mon deuxième jour à l'hôtel. Je dis visiter, car les thermes, je n'y connaissais rien. J'avais l'intention de les découvrir, comme on découvre un site archéologique, ou une population à laquelle on ne s'est encore jamais mêlé. C'était un peu des deux : je ne savais ce que recelait un tel lieu, ni par qui il était fréquenté.

C'était presque l'aube encore, le soleil m'avait réveillée en filtrant à travers le voile que j'avais tiré le long de la baie, omettant intentionnellement de tirer les lourds rideaux : j'aimais sentir le jour se lever. J'avais enfilé un maillot de bain acheté à Zürich – j'avais quitté Paris de manière un peu précipitée et ce n'est que dans le train que je m'étais rappelé que j'allais dans un hôtel thermal – et je m'étais enveloppée dans un peignoir suspendu dans le placard de la chambre. C'était un peignoir blanc, pur, doux, réconfortant. J'avais chaussé les pantoufles blanches assorties. Dans le couloir, j'avais joint ma silhouette pâle au cortège des fantômes lumineux qui, exhalés par les appliques pointant le sol, se tenaient trois par trois par la jupe, la lisière du voile se laissant absorber de part et d'autre par l'alcôve d'une porte de chambre. Certaines ampoules devaient être en fin de vie car elles clignotaient un peu : leurs fantômes en tremblotaient de peur de disparaître. Cette incertitude lumineuse, et ma démarche hésitante dans mes pantoufles lâches, provoquaient une sensation de léger vertige un peu désagréable, mais je n'avais pas beaucoup de pas à faire dans le couloir : ma chambre était la dernière avant d'arriver à son extrémité, laquelle s'ouvrait par une porte de verre fumé sur une passerelle, liaison par le haut entre l'hôtel et la construction contemporaine des thermes.

Je poussai donc cette porte et remarquai que le tracé en chevron du parquet que je quittais se poursuivait dans la passerelle, composé et décomposé par un jeu de lumière et d'ombres dessiné au sol par le soleil filtrant à travers les parois ajourées. Un treillis de bois croisait lignes verticales et lignes obliques, doublé à l'extérieur d'un verre, sur toute la longueur de la coursive, jusqu'à une nouvelle porte au verre fumé. L'effet était saisissant.

Je m'arrêtai au milieu de la passerelle et regardai la piscine. Deux enfants se tenaient à son bord et par le petit doigt. Ils plièrent les genoux et, toujours arrimés l'un à l'autre, ils sautèrent d'un même mouvement qui, à travers le treillis, se décomposa à la manière d'une chronophotographie de Marey. Le silence du contact des corps avec l'eau résonna dans la galerie sous la forme d'un léger craquement : je remarquai que la passerelle était arrimée aux bâtiments au moyen d'un éventail de haubans métalliques qui coupaient le treillis de nouvelles lignes obliques.

Au bout de la passerelle, la porte fumée ouvrait directement sur un ascenseur, qui me descendit au rez-de-chaussée des thermes, face à un couloir paré de béton et pavé de dalles de pierre grise. Sur les côtés coulait un fil d'eau dans une rigole (d'où venait l'eau ?), projetant mes pas et mon imaginaire dans une résonance aquatique. Le contraste était, me sembla-t-il, vivifiant, et prometteur. Au terme du couloir, long d'une dizaine de mètres, se tenait un comptoir d'accueil de la largeur exacte de celle du couloir et qui, je m'en rendis compte à mesure que je m'approchais, se trouvait lui-même au centre d'une paroi plus large, fermée de part et d'autre par deux portes mystérieuses au verre fumé, à nouveau. Une réceptionniste apparut comme par enchantement à l'approche de mes pas. Après quelques mots de bienvenue – du moins c'est ainsi que je les interprétai – je reçus un jeton et des explications, auxquelles je répondis d'un sourire entendu. Je ne dus pas comprendre cependant car, alors que je m'apprêtais à poursuivre ma route en direction des bains, c'est-à-dire la porte fumée qu'elle m'avait désignée – et je ne sais pas davantage où menait la porte qui lui faisait face – elle me rappela pour m'indiquer un tas de serviettes blanches posé sur le côté du comptoir. Bien sûr bien sûr où ai-je la tête, dit mon nouveau sourire entendu, et je pris une serviette.

Je m'engageai dans un nouveau couloir, aux parois ponctuées de petites niches carrées d'où guignaient, curieux, des tuyaux d'acier, tandis que l'eau qui s'en écoulait dessinait patiemment des traînées de rouille sur le béton, avant de rejoindre une nouvelle rigole. Un virage à gauche, court et serré, me projeta dans un espace vaste, lumineux, humide, odorant d'essences. J'inspirai profondément. Droite dans ma toge blanche, je surplombais un escalier aux larges marches grises. Devant moi se déployait une architecture aux lignes affutées définies par des parois de pierre grise aux angles nets et des baies ouvertes sur la montagne. Je descendis d'un pas lent, concentré et claudiquant. L'eau, calme, d'une sérénité bleutée, était mise en scène dans un grand bassin central entouré de blocs aux parois de béton aussi acérées et muettes que des blockhaus. J'en fis le tour : chacun d'eux s'ouvrait d'une échancrure cachée du bassin central et abritait un bain dédié, ainsi que me le disaient de discrètes inscriptions gravées et des effluves échappés, à une expérience sensorielle différente. J'entrai dans le dernier: à peine l'ouverture franchie, un escalier immergé offrait l'accès à une eau verdoyante et couverte de pétales de fleurs roses. Je tâtai l'eau du pied. Elle était délicieusement chaude. J'ôtai mon peignoir, l'accrochai à une patère et descendis les marches.

Une lumière douce et chaude s'écoulait du plafond pour aller se diffuser tremblotante dans l'eau, tandis que du fond de celle-ci remontaient des jets qui, émergeant calmement à la surface, allaient se mêler aux effluves floraux diffusés dans l'espace. Le bain était vide et je me laissai flotter sur le dos, yeux fermés, peau se laissant chatouiller par les pétales, narines humant les essences. Je relâchai mes muscles et me demandai quand, pour la dernière fois, j'avais ressenti un tel bien-être. Je restai ainsi un moment, savourant l'instant, laissant mes paupières closes se faire balayer par les ondes lumineuses, écoutant la résonance du clapotis léger, quand une femme entra dans le bain. Je lui laissai la place, sortis et allai explorer les autres espaces sensoriels, lorgnant à travers leurs ouvertures. Dans l'un d'eux, un petit bassin rond et écumant de remous était arrosé depuis le plafond de plusieurs douches d'eau guidées par des faisceaux lumineux. Le buste d'une femme émergeait de ce qui donnait l'impression, de l'extérieur, d'une marmite cuisant à petits bouillons. Cela ajouté au rebond des gouttes qui, éclairées en halo, formaient une auréole au-dessus de sa tête, m'offrait le tableau d'une martyre prête à monter au ciel. Je la laissai mijoter tranquillement et, considérant un alignement de chaises longues qui regardaient la baie inondée des montagnes majestueuses, décidai de m'y étendre. De petites cahutes de bois dégringolaient des sommets encore nappés de neige, crapahutant en file désordonnée et accompagnés de petits nuages flous. Qui utilisait ces cahutes ?

À quelques chaises de distance sur ma droite, un jeune couple de Japonais était aussi étendu : des étudiants en architecture peut-être, venus pour admirer les lieux et partager des moments en amoureux. Dans le reflet de la baie je vis que le jeune homme se penchait sur elle pour lui déposer un baiser sur la bouche. Elle répondit d'un geste de la main, fine, les doigts entrant dans la chevelure noire, chevelure que j'imaginai drue, se laissant soulever par les doigts féminins comme les épis d'un champ de blé balayés par un inattendu coup de vent, qui se redresseraient instantanément une fois la vague passée. Cette manifestation de tendresse, lente et respectueuse, avait une élégance qui, je me dis, reflétait ce que j'admirais dans la culture nippone, que j'avais cependant conscience d'idéaliser, la condensant dans une période faste où les samouraïs se battaient dans des armures faites de laque et de soieries. Mon âme bercée de la grâce de leurs gestes fut d'autant plus froissée quand le jeune homme rompit le silence et exprima son désir de changer de lieu dans un anglais fortement teinté d'accent américain. Je tournai brusquement la tête vers eux, surprise d'avoir été arrachée sans autre forme de procès de l'image que je leur avais fabriquée. Ils ne semblèrent pas me remarquer. Il lui tendait la main pour l'aider à se relever, ce qu'elle fit avec la nonchalance de sa jeunesse désinvolte.

Je me redressai sur la chaise longue. J'avais, moi aussi, envie de changer de lieu, mais surtout de me rafraîchir : dans l'atmosphère chaude et humide, mon peignoir pesait à présent sur mon ventre et sur mes jambes. Je me levai et l'ôtai pour le déposer sur une patère en inox. Observant le choix qui s'offrait à moi, j'optai pour la piscine extérieure. On y accédait en nageant depuis le bassin intérieur, le corps enrobé d'eau chaude pour affronter l'air froid matinal. Lorsque ma tête passa le rideau de bandes de plastique souple et transparent qui séparait les deux espaces, mon haleine se changea en vapeur blanche et se mêla à celle qui ondoyait au-dessus de l'eau chaude, petites molécules s'échappant dans l'air pur pour rejoindre les nuages et, peut-être, se reconvertir en neige qui viendrait napper les montagnes. Je m'élançai dans l'eau, évoluant par larges brassées, fendant l'eau de mes mains et la repoussant de mes pieds, de la force de mes genoux qu'aucun boitement, dans l'eau, ne déréglait, l'apesanteur annulant l'histoire de mon corps et me le restituant libre de son passé, rouages neufs et huilés. J'allai ensuite m'accoster contre une des parois. Blotti contre celle d'en face, mon couple de Japonais – mais étaient-ils japonais finalement ? – se bécotait nonchalamment. Je fermai les yeux pour me concentrer sur les sensations contradictoires de la chaleur qui enrobait mon corps et du froid qui commençait à faire picoter mon nez. Derrière ma tête, l'eau du bassin se faisait avaler dans une rigole de trop-plein taillée dans la pierre, dans un bruit de gargarismes mêlés à des rugissements comme venus des entrailles de la terre. Je m'imaginai que sous le bassin se tenait un autre bassin, empli de crocodiles baillant. L'eau happée au passage allait se déverser au fond de leur gorge, où elle était bloquée par un gargarisme. Je me pris à sourire. J'ouvris les yeux et vis que le couple de Japonais me regardait, souriant eux aussi. Discrète, j'orientai mon regard sur le côté du bassin. Là un autre couple, plus âgé, se faisait chatouiller le dos par des folâtres bulles d'air échappées d'une rangée de tubes d'acier, sur lesquels ils étaient allongés. La femme laissait traîner des yeux un peu absents au-dessus de l'eau tandis que l'homme, lui, laissait traîner une barbe moussue, qui flottait en surface et se faisait balayer de gauche à droite, soumise, par les ondoiements légers de l'eau. Quelques poils tentaient parfois une échappée mais étaient vite ramenés par un retour de courant. La femme, coiffée d'un bonnet rose et serré, jouait à laisser flotter ses bras, puis ses jambes, puis les deux en même temps, ce à quoi elle ne parvenait pas. Gloussant, elle abdiqua et se dégagea des bulles, pour nageoter un peu et s'arrêter au-dessus d'un jet venant du fond et d'apparence assez fort, car il faisait remonter autour d'elle des remous qui balayaient la peau lâche de ses épaules et de son cou. Je me fis alors la remarque que certainement ce couple, pour être ici, devait être aisé, mais que dévêtus de leurs atours, l'eau annulait leur classe : les corps vieillissants, riches ou pauvres, étaient égaux face à la poussée d'Archimède. Elle se souleva un peu, sur la pointe des pieds probablement, et ses seins se présentèrent à la surface, tonifiés par la poussée de l'eau. Je surpris alors, et cela me troubla, un geste tendre envers elle-même : d'une main elle caressa doucement la peau de sa poitrine émergeant du soutien-gorge, désireuse peut-être de ressentir la fermeté transitoire de ses seins, mais elle dut réaliser soudain que son geste pouvait être vu, et le regard affolé elle balaya le bassin, s'arrêtant sur son mari qui rêvassait en regardant le petit couple japonais, puis sur le mien, que je détournai vivement vers la gauche. Là mon regard butta contre celui d'un homme dont la tête franchissait justement la barrière de plastique séparant le bassin de l'intérieur des thermes mais, à peine nos regards se croisèrent – et il me sembla alors que j'avais déjà croisé ce regard –, il plongea brusquement sous l'eau. J'en balayai la surface, attendant de le voir émerger en un point ou un autre du bassin, mais je ne le vis pas. Peut-être était-il retourné à l'intérieur. Intriguée, je retournai de quelques brasses vers le rideau, le passai et cherchai l'homme du regard. Il avait disparu.

VIII

Amalia s'apprêtait probablement à faire le lit quand je retournai dans la chambre. Elle lui faisait face et me tournait ainsi le dos, mains sur ce qui devait être la fermeture de sa jupe : peut-être arrangeait-elle son habillement du fait de ma présence. Il me sembla qu'elle s'était redressée un peu vivement en m'entendant entrer. Elle se retourna et me sourit, un peu mécaniquement. Je lui souris aussi. Elle hésita un instant, cherchant quelque chose à dire peut-être, mais je hochai la tête, et elle se mit au travail. Machinalement j'allai vers un fauteuil et y posai mon sac. J'ouvris la fermeture éclair, entrai une main dedans et, sans rien chercher vraiment, ma main toucha quelque chose qui ressemblait à une enfilade de petites billes. Je tirai dessus et – je ne me souvenais pas d'avoir pris cela dans mes bagages – j'en sortis un collier de perles. Je le pris dans mes mains et m'assis dans le fauteuil. Jouant distraitement avec les perles, je contemplai Amalia travaillant.

La veille, je l'avais croisée dans l'ascenseur. Je montais, nous arrivions au premier, j'avais demandé le cinquième, ou ne l'avais pas demandé : Hector le liftier savait déjà où j'allais. Nous nous étions arrêtés au premier. Elle était entrée, m'avait saluée, une mèche s'était échappée, qu'elle avait replacée. Son geste avait conduit mes yeux sur son badge – Amalia – et ceux d'Hector dans les siens : regard trouble, vierge encore de dissimulation et d'artifice, peuplé de questionnements. Dans ce regard échangé j'avais vu la volupté de l'attente : de toute évidence il ne s'était rien passé entre eux encore, tout était possible, était dit dans ce sourire à peine esquissé, dans cette respiration un peu haute, dans ce regard qui se baissait, se relevait et croisait l'autre à nouveau, impatient de savourer encore l'attente : tout était possible encore. Troisième étage : le corps déjà se tournait vers la porte grillagée, les yeux encore s'attardaient, puis le corps, la robe, la mèche de cheveux retombée sortaient. Dans l'habitacle flottaient encore l'empreinte du désir, le parfum un peu capiteux choisi à l'aube et le sourire songeur d'Hector, que j'écoutai en silence jusqu'au cinquième étage, quand il m'ouvrit la porte et que je le laissai s'abandonner à son rêve jusqu'au prochain client.

Alors que je me remémorais cette première rencontre et que je pensais en passant que, fait rare, j'avais justement croisé Hector dans le couloir en arrivant dans ma chambre, Amalia, sans compassion pour le soin que j'avais vaguement tenté de mettre dans l'ordonnancement de la couette et des oreillers avant de sortir, préleva ceux-ci et les lança d'un geste calculé sur le fauteuil à côté du mien. Je trouvai ce geste un peu cavalier, mais souris néanmoins, d'un sourire un peu gêné d'occuper l'autre fauteuil : peut-être l'aurait-elle utilisé si je n'étais pas là. Après tout, pendant le temps de son travail au moins, ce lieu était son domaine, pas le mien. Puis, empoignant la couette par un de ses coins supérieurs, d'un geste vif elle la retira, comme un magicien découvre son chapeau pour laisser s'envoler la colombe blanche, et la blanche couette alla se rabattre au pied du lit, dévoilant ainsi la nudité du drap blanc, froissé de ma nuit (du côté droit : l'autre avait été moins visité, semblait-il). Par petites gifles fouettant en rase-motte le drap elle annula ma nuit, tira encore un peu sur ses bords, et sur ses coins, contournant le lit méthodiquement, par petits pas glissés, un pied chassant l'autre. Puis quand le drap fut bien lisse elle ramassa à pleins bras la couette, descendit les deux marches qui encadraient le lit et alla vers la fenêtre, qu'elle ouvrit habilement d'un coude – puis-je vous aider, demandai-je alors, mais ma phrase n'était pas finie qu'elle avait fini de l'ouvrir et avait traversé la terrasse, et d'ailleurs, je ne sais pas si elle comprenait le français. Serrant fermement dans ses poings deux coins de la couette, elle la lança par-dessus bord et, sans jamais que la couette ne touchât le garde-corps, la fit claquer l'air, plusieurs fois, peut-être cinq, en d'amples et tumultueuses vagues ondulantes. Rattrapant le mouvement de la dernière vague avec une aisance déconcertante, elle la ramena contre sa poitrine, laissa cette fois la fenêtre ouverte et la déploya sur le lit. Elle égalisa la longueur des rabats sur les bords et le pied du lit, recommençant la ronde de ses petits pas glissés puis, quand elle fut satisfaite de l'ordonnancement des choses, elle entreprit d'en lisser la surface. Du plat de la main, d'un geste lent et appliqué, léger, sans jamais écraser le gonflant de la couette, elle repoussait vers l'extérieur les petites vaguelettes que faisait la housse blanche en damas à larges fleurs blanches elles aussi, qui roulaient l'une sur l'autre dans une glissade ondulante. Je remarquai que dans tous ses pliés, elle gardait le dos remarquablement droit.

Pendant ce temps, moi, je jouais machinalement avec le collier, glissant mes doigts d'une perle à l'autre comme je l'aurais fait de celles d'un chapelet. Il s'agissait surtout d'occuper mes mains, moi qui n'aimais pas regarder quelqu'un travailler sans rien faire, et pourtant elle ne remarquait pas, certainement, ce que je faisais, ni que je la regardais, elle, en réalité.

Quand elle était penchée sur le lit, sa jupe remontait et laissait voir sur le collant beige un petit accroc qui commençait à filer sur une jambe au mollet dodu. J'aurais pu lui proposer mon aide, bien sûr, mais de toute évidence j'étais absente de la scène : ma place était là, en retrait. J'aurais pu sortir de la chambre aussi.

Enfin, quand elle en eut terminé avec la couette, elle redescendit et alla chercher les oreillers sur le fauteuil, sans un regard, tout à sa tâche (elle ne voulait pas de mon aide). Un oreiller dans chaque main elle les posa avec précaution, pour ne pas froisser la couette bien lisse et bien nette, au milieu de celle-ci. Tout recroquevillés, ils juraient sur ce grand lac clair et serein, mais je ne doutais plus, à présent, qu'elle les transformerait bientôt en de parfaits oreillers aux angles nets, bien portants, toniques, gonflés à cœur, souplement affinés sur les bords. Et en effet elle en recueillit un, le ramena vers la fenêtre encore ouverte – elle était prévoyante – et le battit avec vigueur. Un rayon de soleil fit scintiller la poussière qui, apeurée, s'échappa dans un sauve-qui-peut général et disparut dès qu'elle eut franchi les frontières de la lame lumineuse. Revenue vers le lit, une jambe campée dans le sol, l'autre tendue en arrière, elle positionna ses deux mains au centre de l'oreiller puis, le faisant vriller de ses mains elle le lança en l'air. Tel le cygne blanc porté par le prince Siegfried, l'oreiller fit deux tours en l'air, fluides, limpides, avant de venir se laisser reprendre avec précision dans ses bras souples.

Faisait-elle toute cette chorégraphie pour le seul public que j'étais, avait-elle même conscience, dans la concentration de ses gestes, de ma présence, je ne le sais pas. Tout au plus me sembla-t-il, alors que le cygne tournoyait dans les airs, que dans ce moment infime pendant lequel ses mains, ses bras, les muscles de son torse étaient en attente, tout au plus me sembla-t-il qu'elle jeta un bref coup d'œil sur le côté, le mien, mais rien ne dit qu'elle voulait par-là s'assurer qu'elle avait un public et que celui-ci était conscient de l'art de son geste : peut-être voulait-elle plutôt s'assurer que je ne la gênerais en rien. Ce dont je suis sûre est que ce geste, pour être si précis et maîtrisé, avait dû être répété un nombre incalculable de fois. Qu'elle connaissait par cœur ses oreillers, leur poids, leur volume, leur densité, leur résilience, leur souplesse, leur prise à l'air, l'accompagnement qu'elle devait faire de leur lancer puis de leur chute pour amortir celle-ci, pour qu'aucun à-coup ne rompît la souplesse du rebond, pour que le duvet, à l'issue de cette performance, se trouvât parfaitement aéré et réparti dans son écrin de coton comme celui du cygne atterrissant se rangerait sous les plumes. Et je me demandai alors : que se passerait-il si à un retour de vacances elle découvrait que les oreillers avaient été changés, que d'oreillers en duvet la direction de l'établissement avait décidé de passer à des oreillers synthétiques, et j'eus alors une grande compassion envers la vulnérabilité de cet art qu'elle maîtrisait avec une telle excellence, et qui pouvait à tout moment disparaître, si un prochain oreiller ne répondait plus aux propriétés indispensables à son lancer et, pire, à la nécessité de celui-ci.

Enfin, elle plaça les oreillers avec précision au sommet de la couette, se redressa, examina le lit, hocha la tête : la chambre était faite. En passant devant moi, elle sourit de nouveau. Je lui souris aussi. Elle avait sur le visage trois fossettes, deux au milieu des joues, une sur le menton qu'elle avait rond. Sur le cou elle avait aussi un suçon, un suçon tout frais, me sembla-t-il.

IX

Cet après-midi-là, j'étais debout sur la terrasse, accoudée comme je le pouvais au garde-corps acéré, et je me distrayais en regardant les gens dans la piscine extérieure. Quelques enfants s'amusaient à aligner des plongeons tandis que leurs parents – je supposai – barbotaient à distance prudente. De mon point de vue en plongée, les sauts m'apparaissaient empesés et rétrécis. Les corps disparaissaient effacés par l'eau, ou luttaient pour exister en surface, étirant un membre ou l'autre en une lente évolution plane, alternant planche et brasses paresseuses. Je cherchai à reconnaître dans ces anatomies celles que je croisais chaque jour. Mais j'avais déjà constaté que si j'étais attentive, dans les espaces communs de l'hôtel, à l'identité figurée par l'habit de ses clients que je confrontais alors à leurs démarches et attitudes sociales, dans la piscine je changeais mon axe d'observation et regardais leurs corps, dont j'étudiais l'architecture et les rouages, la souplesse du mouvement, l'ordonnancement de la musculature, et qu'il m'était difficile, parfois, de rattacher ces corps à ces identités.

Un signal caché de ma vue sortit tout ce monde de l'eau, et il ne resta qu'un homme, qui profita de la désertion pour tenter à son tour un plongeon. Il était sorti de l'eau et se tenait droit sur le bord du bassin, à l'extrême bord de mon champ de vision aussi, pointant du regard une zone de la piscine qui m'était cachée par l'auvent du bâtiment. Ma vue parcellaire sur le bassin, un peu en biais, le découpait en un triangle visible où se déroulaient des gestes réels, et un triangle invisible où je pouvais imaginer toutes sortes d'événements improbables dont la trame commençait parfois sous mes yeux et se finissait cachée ou, au contraire, parvenaient dans mon champ de vision amputés de leur passé, en une résolution dont je ne connaîtrais jamais le fondement. L'homme que je regardais avait un corps entrainé à l'effort, nerveux sans être musculeux : de plus loin ç'aurait presque pu être un corps de danseur, celui de Bilal par exemple, si sa gestuelle ne m'avait pas dit le contraire. Se sentait-il observé ? Avant d'élancer son corps dans l'eau, son regard, sentant peut-être la présence d'un autre, balaya l'espace, chercha plus haut, rencontra le mien. Il s'y attarda un instant, puis revint sur l'eau. Je surpris, au moment où nos yeux se croisèrent, ses muscles se tendre imperceptiblement et, par un effet de synchronisation singulier, je sentis cette tension se propager dans les miens. Ce n'était pas la première fois que nos regards se rencontraient. Son corps se redressa. Les mains se portèrent vers l'avant, les genoux plièrent et les mollets propulsèrent le corps, qui s'envola, traversa mon champ de vision et, encore en vol, le quitta. Si je n'avais entendu l'éclaboussement de la chute dans l'eau, j'aurais pu imaginer que le corps, refusant la gravité, avait poursuivi sa trajectoire et prolongé son vol dans les coulisses imaginaires de la scène, m'autorisant le droit, alors, de prolonger le saut à l'infini. Le corps ne réapparut pas, d'ailleurs : l'homme avait peut-être rejoint le bassin intérieur des thermes. Disparaissant ainsi une nouvelle fois de ma vue.

Je changeai alors de perspective et regardai les gens entrer et sortir de l'hôtel, un peu envieuse, derrière les barreaux de ma cage dorée, de leur liberté. Je portai mon regard sur les montagnes et me demandai si j'allais enfin descendre vers le lac, voire prendre une navette vers l'autre rive, même si je n'en ferais rien, je le savais, et c'est probablement pour cela que mon esprit était sur le chemin qui remontait, et mes yeux aussi, du lac, et sur le chemin je repérai un couple qui marchait en direction de l'hôtel. En avant, une femme étonnamment ronde, dont la robe, depuis mon point de vue, gommait toute démarcation des étages du corps et, cachant ses pieds aussi, lui retirait l'évidence de la gravité. Ballon prêt à s'envoler, son seul ancrage au sol semblait être sa valise, qu'elle tirait d'une main en tenant son sac à lui de l'autre, ou peut-être était-ce le contraire – la valise je veux dire, elle était peut-être à lui. Lui, derrière, petite brindille habituée peut-être à se protéger du vent dans le sillon de sa femme, suivait à petits pas serrés précautionneux, pressés et légers, inquiets, comme un petit rat débutant les pointes. Une carte dépliée pendait mollement au bout de son bras, il s'en éventait parfois.

Ils n'avaient pu encore identifier l'hôtel, dont l'entrée était cachée par une haie, alors qu'ils étaient presque à son pied. Ils auraient pu me voir, certes, mais ils ne pouvaient encore identifier que mon point de mire dominait justement l'hôtel. J'attendais le moment où ils allaient le découvrir. Je savais, avant eux, que bientôt ils allaient contourner la haie, et découvrir l'hôtel. Je me demandai pourquoi j'étais si sûre qu'ils arrivaient. Rien dans leur apparence ne les associait au standing de l'hôtel. Ils auraient tout aussi bien pu être en train de partir : d'un autre hôtel, d'une chambre d'hôte, de leur maison, que sais-je, en route pour la gare. Était-ce la dynamique de leur marche, était-ce leur regard, porté en avant, en quête, qui me donnaient cette certitude ? Je n'en trouvai pas la réponse, mais je savourai ce sentiment d'être en avance sur leur temps, d'appartenir à leur futur, de le connaître avant eux.

J'avais vu juste. La femme, qui venait de contourner la haie, découvrant l'hôtel le désigna d'un geste conquérant et de cette exclamation, assez forte pour que je l'entende de ma terrasse : « Mais le voilà ton hôtel ! ». Et je me dis : « Tiens, ils parlent français ». Je me redis aussi qu'ils ne correspondaient guère au standing de la clientèle de l'hôtel. Cela titilla ma curiosité quant à la raison de leur présence : je me sentis un lien, ténu, avec eux. Mais à peine eussé-je cette pensée que la femme décida de la contrarier. Ils venaient de s'arrêter devant les escaliers. Le tapis qui en coulait se prolongeait sur quelques mètres et, sans attendre le groom qui descendait pour les accueillir, je vis la femme donner des petits coups de pied dans sa valise pour lui faire passer l'obstacle de la barre de fixation du tapis. Je détournai le regard : je ne supportais pas que l'on fît du mal à un être inanimé. Elle entra dans l'hôtel, laissant derrière elle l'ombre de l'antipathie qu'elle avait en un geste imprimé en moi.

Un peu fatiguée, je rentrai dans la chambre et m'assis sur la méridienne-hublot, que j'ouvris pour pouvoir passer la tête dehors. C'était une fenêtre à guillotine, qui m'obligeait à me voûter, le dos un peu tordu aussi, pour garder la tête à l'extérieur, et je présentais ainsi ma nuque innocente au couperet indécis. Hormis cela, c'était plutôt confortable. Je jouai un moment à imaginer ce que venait faire ce couple dans cet hôtel, et avec une fourmi qui s'était manifestement perdue sur le rebord extérieur du hublot, que je contraignais gentiment à tourner en rond en la poursuivant de l'auriculaire. Elle avait quand même un petit accent, pas bien dessiné, peut-être un brin belge, peut-être bruxellois. C'était chantant, un peu râpeux aussi. J'étais allée à Bruxelles en classe d'école. J'essayai de me rappeler le nom de cette petite ville qu'on avait visitée le lendemain : il y avait de jolis canaux bordés de petites rues pavées et dans une église, probablement une cathédrale, il y avait un retable avec un drapé rouge tellement réaliste que chaque fibre de l'étoffe semblait frémir encore. J'avais ressenti le désir de le toucher et c'était, je crois, ma première rencontre avec l'art. J'avais acheté une carte postale, en tout cas. À mon retour, je l'avais montrée à ma mère et je lui avais demandé de m'acheter de la peinture. Je n'ai aucun souvenir de l'avoir utilisée. Peut-être ne l'a-t-elle pas achetée. C'est peut-être à ce moment que j'ai commencé la danse. J'écrasai délicatement la fourmi. Ah, voilà, cela me revenait, c'était Gand.

Je regrettai d'avoir écrasé la fourmi. J'avais oublié que j'attendais de savoir si elle remonterait l'arrondi du hublot ou, de guerre lasse, redescendrait sur le balcon et, peut-être, les étages. À moins qu'elle n'ait eu l'intention de rejoindre un des bacs à fleurs sur la terrasse :

peut-être y avait-elle un élevage de pucerons. J'avais l'intention de suivre la fourmi et, une minute d'inattention, voilà, elle n'était plus.

Je dirigeai à nouveau mon regard vers le lac. Je me remémorai une petite crique que, depuis le train, nous avions surplombée, nous-mêmes surplombés par la paroi de la montagne, juste avant d'arriver à B. Elle était entourée d'une falaise que je ne pouvais voir mais que je m'imaginais surplombant la crique, noble, calme et intemporelle, tandis qu'à ses pieds, l'eau sans cesse renouvelée lui apportait des nouvelles de l'autre rive. J'avais imaginé cette crique bruyante du ressac des eaux qui, captives des bras qui les entouraient, se débattraient en vagues écumantes, et je m'étais dit qu'à la première occasion, j'irais la voir. Cela faisait plus d'une semaine à présent : il était temps. Pour donner corps à ma résolution, je fermai les yeux et tentai de me voir assise sur un rocher, ou des galets peut-être, admirant la scansion des vagues. Mais, cherchant le bruit de leur reflux, et me demandant si un lac pouvait produire des vagues, au lieu de voir le lac je vis le souvenir de cette plage de Normandie, c'était il y a dix ans, juste après l'accident, à marée descendante. L'estran était immense à cette heure, presque vide, seuls quelques pêcheurs de coquillages s'affairaient au loin. Devant moi, l'étendue d'eau battait en retraite, découvrant sous l'empreinte de son voile mousseux l'étendue de sable et la laissant nue devant moi, ridée de vaguelettes iridescentes et tachée de petites concrétions rocheuses logeant des trous d'eau où attendaient, patients, des coquillages et quelques petits crabes, pressés. Des méandres striaient le sable, dessinées par des filets d'eau retardataires qui tentaient de suivre leur mère et s'essoufflaient, chauffés par le soleil ou s'oubliant dans une rigole un peu plus profonde où ils abdiquaient, résignés à se laisser boire par le sable. De mes pieds nus je les brouillais, cherchant sous l'eau tiède le sable velouté, tendre et fugace, comme une caresse volée.

Sans hâte je poursuivais la fuite de la marée, attirée par la scintillance lointaine des vagues léchées par le soleil couchant. Je me sentais à la fois libre et fragile dans cette immensité éphémère, car dans quelques heures elle serait de nouveau couverte, et je savais que je devrais la rendre à la mer, sinon c'est la mer qui ne me rendrait pas. Je m'étais arrêtée. Sous mes pieds le sable se dérobait, se refusant à la captivité de mon corps, à la fois bu et buvant l'eau entraînée dans son inéluctable course. Chatouillées ainsi par les petits grains volages, mes plantes de pied s'enfonçaient doucement : mes orteils disparus et le dos du pied recouvert déjà d'un voile de sable, je me demandai si, restant ainsi immobile, je continuerais de m'enfoncer et disparaîtrais, bue à mon tour par le sable, et si on me retrouverait un jour, toujours debout, quand peut-être la plage se retirerait, entrainée par une marée plus forte.

L'été d'avant, Bilal m'avait rejointe en Normandie, nous fêtions notre nomination aux titres de danseurs étoile à l'Opéra. Nous avions couru entre les rochers, je lui avais dit attention, tu vas te blesser les pieds, ce n'est pas le moment. Y a-t-il un moment, m'avait-il répondu, badin, mieux vaut le faire quand on le peut encore, un jour je ne pourrai peut-être plus courir sur les rochers, et ce sera trop tard. Sa logique m'avait agacée, mais il avait raison. Je l'avais rejoint dans son ivresse, il m'avait portée à bout de bras sur les rochers et c'est là, jouant à narguer la marée qui galopait vers nous, que nous avions travaillé nos premiers pas-de-deux de danseurs étoile.

Un an plus tard, j'étais de retour sur cette même plage, mais j'étais seule, et je ne pouvais plus courir sur les rochers. Je m'interrogeais sur mon avenir : je devais faire un choix. Je ne pourrais plus danser, mon genou était perdu. Bilal, lui, continuait à danser. Mais il avait changé de compagnie. Après l'accident il m'avait entourée de sa sollicitude. Il venait me voir, me promenait à son bras, claudicante, dans le square en bas de chez moi. Il me racontait ce que je pouvais entendre, c'est-à-dire pas grand-chose, et peu à peu notre lien s'était flétri, épuisé faute de nourriture. Comment deux corps qui ont été si unis peuvent s'éloigner si vite ? Quelques années plus tard je l'avais croisé, à l'Opéra, pendant un entracte : il m'avait serrée contre lui puis, comme dans le temps de nos premiers portés, m'avait soulevée en me disant : comme tu as grandi ! Je souris en y repensant.

Sur le sable j'avais ramassé quelques algues aux bulbes gonflés que je faisais éclater pour entendre leur ploc, comme dans mon enfance. Je m'étais assise sur un rocher et j'avais attendu avec lui que la marée remontât, déterminée à prendre une décision avant de devoir le quitter pour échapper aux vagues. D'une main j'explorais pensivement le sable, laissant s'égrener les particules fines pour ne retenir entre les doigts que les petits coquillages abandonnés par les vagues, tentant d'énumérer mes compétences, mais la pêche était maigre : depuis que j'avais décidé que je serais danseuse, et cela ne datait pas de la veille, je ne m'étais plus guère intéressée à autre chose. Ma vie était dans la danse, était la danse. Je pourrais enseigner, me dis-je, remarquant que l'eau avait déjà rejoint ce petit groupement de rochers, que j'avais croisé un peu plus tôt. Mais l'enseignement ne m'attirait pas, je me voyais déjà vieille et frustrée, invectivant mes élèves comme Heidi pendant les répétitions. Et choréologue ?

« Choré quoi ? » m'avait demandé Hector, la veille, lorsque dans l'ascenseur il m'avait demandé quel était mon métier.

Je lui avais résumé en quelques mots : je retranscrivais par écrit des ballets, comme on retranscrit de la musique sur une partition. Dans un langage qui les concentrait en petits dessins dansant sur une portée musicale, je traduisais et gravais la mémoire des gestes de la chorégraphie. Ils étaient rares, ceux qui savaient le lire, et encore plus rares ceux qui savaient l'écrire. J'en étais assez fière, il faut dire.

C'était en dessinant sur le sable du bout du doigt, cherchant une dernière idée avant de devoir abandonner mon rocher, que l'idée m'était venue. Le hasard avait fait, par la suite, que j'avais rejoint Heidi pour l'assister dans ses projets chorégraphiques. Ou peut-être n'était-ce pas un hasard. Je m'étais levée du rocher : la marée se rapprochait dangereusement, il était temps que je rebrousse chemin. Clopin clopant.

Après tout, aucune des suppositions que je venais de faire sur les raisons de la présence de ce couple dans l'hôtel ne devait être juste. Au final, la réponse est toujours celle à laquelle on n'a pas pensé : ils étaient sûrement en vacances, tout simplement.

Et moi, j'attendais Heidi.

X

J’étais descendue dans les thermes profiter du calme de cette heure où la plupart de la clientèle se reposait. L’heure étant propice à la sieste, j’allai directement dans un espace que j’avais jusque-là peu exploré, appelant à se reposer sur de larges pierres chaudes dans une atmosphère humide et odorante d’essences. Il se situait au-dessus de l’espace des bains et consistait en un long couloir divisé en trois espaces successifs de plus en plus chauds et humides, séparés par de lourds rideaux plastifiés noirs. Le dernier se terminait par une verrière surplombant le bassin central des thermes. Attirée par la chaleur j’allai directement dans le deuxième espace, sans m’arrêter au premier, et m’allongeai. J’étais seule et je savourai le contact de la pierre brûlante et moite. La vapeur était dense et je devais faire l’effort de gonfler ma poitrine pour contrer son poids et remplir mes poumons d’oxygène. Dans mes narines je sentais perler des gouttes fraîches qui m’indiquaient que ma température était inférieure à celle de la brume à laquelle se mêlait l'humidité de mon corps, et cette inversion de sensations, que je n'avais pas souvenir d'avoir déjà éprouvée, me parut étrange.

Les yeux fermés et jouant avec le sommeil qui guettait, je repensai au *Klangschalenmassage*, le massage aux bols chantants que j'avais finalement testé deux jours plus tôt. J'avais été reçue par une petite femme tout en courbettes, dans une pièce colorée de senteurs et de musique lointaines, avec au centre un grand tapis matelassé entouré de toute une batterie de cuisine sous la forme de bols en cuivre. J'avais dû m'allonger sur le tapis et fermer les yeux. La petite femme m'avait posé un à un les bols sur le dos, sur le ventre, sur les reins, dans les mains, sur les pieds, et les frappait alternativement d'une mailloche. La résonance aurait dû me procurer un sentiment de plénitude détachée des sens, mais au contraire elle les aiguisait et, emportée par les sons de chutes d'eau ponctuées de cymbales cristallines, je m'étais laissée emporter dans une sorte de rêve éveillé. J'avais vu les eaux du lac monter jusqu'à rejoindre les thermes, leurs eaux se mêler et s'engouffrer dans les étages, l'un après l'autre, les vagues poursuivant la clientèle dans les escaliers jusqu'à la confiner sur le toit dans une attente anxieuse de sauvetage. À cette vision d'attente se superposa ensuite celle d'un personnage qui semblait comme moi en attente dans l'hôtel, cet homme que j'avais vu plus tôt sur le bord de la piscine et dont le regard semblait reconnaître le mien. Je le vis plonger dans les eaux comme on plongerait pour aller sauver un corps en détresse, et l'image se transposa soudain dans cet épilogue du *Lac des Cygnes* que Heidi avait créé, où Siegfried se jetait à la suite d'Odette dans le lac dont les eaux montaient et les engloutissaient à jamais. Que faisait là ce Siegfried, attendait-il aussi quelqu'un ?

Je quittai mes pensées pour revenir à la sensation de pesanteur sur mon corps imprimé dans la pierre. Sur ma peau, je sentais la vapeur condensée se liquéfier et se transformer en gouttes qui glissaient lentement de mes jambes ou de mes bras, avant de tomber sur la pierre et se transformer à nouveau en vapeur. Je suivais mentalement le parcours d'une goutte sur ma cuisse droite : partie du genou elle roulait prudemment sur la ligne de crête, hésitant à glisser d'un côté ou de l'autre, puis, avant d'atteindre l'aine, elle se décida pour la face extérieure de ma cuisse. Elle me chatouillait, peu pressée, et j'attendais le moment où la pente serait trop abrupte pour qu'elle puisse continuer à faire corps avec ma peau et tomberait d'un coup, quand je sentis un courant d'air frais frôler ma peau. Surprise, je tressaillis et ouvris les yeux, mais dans l'atmosphère floutée par la vapeur dense, je ne pus distinguer davantage qu'une forme haute qui s'éloignait et passait à l'espace suivant dans le cliquetis des anneaux métalliques du rideau.

Je me redressai lentement et restai un instant assise, laissant passer un léger vertige. Puis je me levai et, après une hésitation, je passai le rideau à la suite de la silhouette. Derrière moi le rideau retomba, scellant mon entrée du rabattement sec de ses pans lourds et faisant tinter une nouvelle fois les anneaux métalliques sur la tringle. L'atmosphère de cet espace était oppressante, tant la densité et la brûlure de la vapeur y étaient intenses. Je fus d'abord éblouie par une étuve dont je ne distinguais le contour que par la brillance du métal doré, éclairée par les faisceaux tombant du plafond et dont les lignes se fondaient dans la brume comme la lumière d'un phare dans la nuit. Une fois mes yeux habitués à la densité de la vapeur, les paupières clignant pour se libérer de l'eau qui perlait le long de mes cils, je distinguai, après l'étuve, le corps d'un homme qui me tournait le dos. Il se tenait contre la verrière, et regardait en bas. Je le reconnus à son ossature : c'était lui, ce Siegfried que j'avais regardé plonger plus tôt. Tout son corps, luisant de l'eau condensée sur sa peau, était taillé pour porter ce nom, et il me sembla que les muscles de son dos, puis de ses cuisses, se raidirent au passage de mon regard. Mais il ne se retourna pas, et cette immobilité me sembla plus troublante que si nos présences s'affrontaient. Prise d'une sensation de mal de mer je battis en retraite, poussant en titubant les rideaux, marchant à tâtons dans la vapeur. Une fois sortie du couloir, j'amplis mes poumons de l'air frais et sec.

XI

Dix jours déjà que j'étais là. Le matin, après le petit déjeuner, j'aimais à rester sur la terrasse du restaurant, pour laisser ma chambre libre – pour Amalia et Hector ? –, mais aussi pour assister à la danse des serveurs. Ce ballet, que j'avais imaginé, était constitué de trois actes et commençait au moment où le dernier client était sorti. Je me déplaçais alors dans un coin extérieur de la terrasse, près de la balustrade, où je m'allongeais sur un transat, en bois, recouvert d'un léger matelas. À ma gauche je voyais la terrasse dans son ensemble, bordée de ses grandes baies à carreaux vitrés. À droite s'ouvrait la vue sur les montagnes, piquées dans le vert de petits chalets lointains et rassurants, alors que plus haut, les contours des sommets encore enneigés éclataient en petits nuages blancs et floconneux. À cette heure le soleil commençait à couvrir mes jambes de son drap chaud et, bien que concentrée sur ce qui se passait en terrasse, je m'intéressais beaucoup à ce phénomène. Il me semblait que mes jambes appartenaient à un autre temps, un temps futur, celui d'une matinée déjà en cours, rassurée de la levée de l'astre solaire, tandis que le reste de mon corps, dont ma tête, traînait encore dans l'engourdissement un peu inquiet du réveil. Et je voyais comme une ligne de démarcation entre ces deux temps, qui remontait très lentement, le futur dévorant résolument mon corps, dans sa longueur, jusqu'à ce que la ligne parvenue à mon visage commence de scanner mon menton, mes lèvres, mes narines, mes yeux, mon front, et enfin glisse de mes cheveux pour aller mordre le bois du transat. J'étais alors tout entière engloutie dans un même présent. À ce moment, précisément, le deuxième acte du ballet était terminé. Précision suisse.

Chaque matin donc, j'observais la danse des serveurs se chorégraphier autour des tables de la terrasse. Dès que les clients l'avaient quittée pour rejoindre piscine ou promenade – ou autre activité, que sais-je –, les serveurs, que j'imaginais tenus jusque-là au garde-à-vous dans les cuisines, attendant l'appel du cor (je mis quelques jours à identifier comment ils recevaient le signal du départ : était-ce le dernier serveur présent sur la terrasse qui voyait le dernier client la quitter et transmettait l'information, ou y avait-il un autre code : je finis par me rendre compte que le dernier client, en fait, c'était moi, et que lorsque je me levais, je remarquais souvent, dans la salle intérieure, un regard me suivre puis me tourner le dos, et disparaître en cuisine), les serveurs, donc, venaient prendre possession du territoire abandonné.

Lorsque je les avais vus pour la première fois surgir des coulisses pour apparaître sur la terrasse, deux par deux et en file indienne, dans une cadence aussi souple qu'imperturbable, m'était revenue, imaginée par Heidi, cette entrée en scène de la « Danse des chevaliers » de *Roméo et Juliette*, et la chorégraphie qui se déroulait devant moi était depuis lors marquée, inéluctablement marquée, de la musique de Prokofiev. Ce qui n'était pas sans rehausser la scène d'une certaine tension.

Enfin, quand la colonne parvenait sur le seuil de la terrasse, elle se scindait en deux files, l'une partant à droite, l'autre partant à gauche, qui se scindaient encore en quatre files chacune, lesquelles correspondaient aux huit rangées de tables qui allaient, chacune, être desservie par un serveur. Chaque serveur avait la charge de sept tables, ce qui faisait donc un total de huit serveurs et cinquante-six tables. Cette vaste chorégraphie mimétique donnait l'impression, depuis mon point de vue à distance et en légère contre-plongée, de n'être qu'enchevêtrements de corps et de gestes autour des tables, un essaim virevoltant et bruissant du tintement léger des couverts sur la vaisselle.

Mais je savais, et que n'aurais-je donné pour pouvoir l'observer d'un des balcons qui les surplombaient, qu'en réalité ces apparents enchevêtrements suivaient un parcours, à la fois global et individuel, établi selon un plan précis et fluide fait d'évitements et d'emprises mesurées de l'espace, de manière que jamais un corps ne frôlât l'autre, que jamais un geste ne dût être brusqué. Pourtant, si les rôles et les gestes étaient les mêmes, chacun allait les accomplir à sa manière, selon son anatomie, sa gestuelle, sa personnalité, son histoire. Est-ce important ? Ce l'était pour moi en tout cas. Le premier acte ne durait que cinq minutes peut-être, entrecoupé d'allers et venues en coulisse, pendant lesquels les couverts étaient déposés en cuisine, jusqu'à ce que les réapparitions ne se fassent plus, laissant place au plan final : la scène débarrassée de ses vestiges, ordonnée, laissée pure et vierge pour l'acte suivant : la mise en place des couverts.

Ce matin-là, profitant de la pause entre deux actes, je regardais la ligne du soleil remonter ma main qui pianotait négligemment sur l'accoudoir, les doigts jouant à sautiller entre ombre et lumière, quand une ombre floue et furtive en brouilla la démarcation. Intriguée, je me retournai vers le soleil pour identifier ce qui lui avait fait obstacle. Je remontais du regard la façade de l'hôtel lorsque, éblouie par le reflet du soleil sur les fenêtres, je surpris un mouvement sur la terrasse de ma chambre. Je mis ma main en visière et scrutai l'étage, mais s'il y avait eu une présence, elle avait disparu. Je restai un moment à considérer ma terrasse. Pas un mouvement ne l'animait : c'était certainement une illusion.

Je me retournai pour porter mon attention sur les serveurs, et il était temps : le second acte était déjà en train de commencer. Il était en tous points semblable au premier, hormis que cette fois, les serveurs sortaient de coulisse les bras chargés, et y retournaient les bras vides. Je m'intéressais moins à cet acte car il était en quelque sorte redondant, même si inversé, et j'avais davantage de plaisir, je crois, à voir les tables se découvrir que se couvrir. Parfois j'en profitais d'ailleurs pour regarder le lac, ou plutôt son reflet imaginaire dans les montagnes, car placée comme je l'étais je ne pouvais le voir, il eût fallu me redresser, voire me lever, et je ne pouvais me laisser distraire à ce point. Je me disais quand même, chaque matin, que je devrais aller le voir de près, le lac, il m'avait paru si beau depuis le train. J'affectionnais malgré tout la première scène de ce deuxième acte, où chaque serveur, après avoir retiré la nappe souillée, découvrant la table comme une casserole de son couvercle, ou comme Amalia le lit de sa couette, d'un geste large et ample,

– tiens, me dis-je, et si le mouvement que j'avais perçu sur la terrasse n'était pas simplement Amalia en train de secouer la couette par-dessus le garde-corps ? – chaque serveur dépliait la nappe propre en la claquant dans l'air et la laissait retomber d'elle-même sur la table, comme si elle connaissait sa place et, à force d'avoir répété, elle aussi, ne devait plus être guidée, mais seulement encouragée. Bien que la chorégraphie fût précise, ces mouvements de nappes blanches ne se produisaient pas tout à fait au même instant mais en un long ressac d'une vingtaine de secondes, peut-être, et ces vagues pures et lumineuses qui s'élevaient et retombaient l'une après l'autre, touchaient parfois les pics enneigés des montagnes et se confondaient en une vision éthérée. Je restais toujours un moment à rêvasser au sommet des montagnes, regardant le mouvement des nuages qui passaient devant, derrière aussi, et c'est pour cela aussi que je ne suivais pas la mise en place des couverts. Peut-être, me demandai-je, était-ce d'ailleurs un nuage, plutôt que la couette d'Amalia, qui avait provoqué cette ombre ? Pourtant, me répondis-je, si c'était un nuage, je n'aurais pas perçu de mouvement sur la terrasse...

Mais ce n'était pas le moment de me laisser distraire : les tables dressées et les serveurs disparus, le troisième acte allait commencer. Je sortis de mon sac un carnet de notes et dessinai le plan des tables, pour transcrire la chorégraphie de la dernière partie du ballet. Dans celle-ci il n'y avait plus qu'un rôle : celui du maître d'hôtel. Il venait faire le tour des tables, contrôler qu'elles étaient toutes correctement dressées, et corriger le tir si nécessaire (c'était rare). La gestuelle de cet homme me fascinait. Il avait un corps dense, pas bien haut, un peu épais, condensé. Ses épaules tombaient en avant du corps, prolongeant le dos arrondi, puis le mouvement revenait en boucle par les bras portés derrière le dos, une main agrippant l'autre. Peut-être une canne aurait-elle donné une assise à ce voûtement : une main dans le dos, l'autre posant le poids du corps sur la canne. Mais ce soutien était remplacé par la musculature de l'abdomen, par celle du cou aussi, car si le buste était refermé sur lui-même, un cou épais en émergeait, poussant en avant une tête large aux yeux écartés, scrutant à droite et à gauche en même temps, les naseaux ouverts, aux aguets.

J'avais remarqué que, contrairement aux serveurs, il ne suivait pas chaque jour un même parcours : privilège du premier rôle peut-être, du rôle soliste et libre de l'être, car ses seuls obstacles ici étaient les tables. Il aurait pu entrer dans la première rangée, aller jusqu'à son extrémité, revenir par la seconde, repartir par la troisième, etc., jusqu'à terminer avec la dernière rangée, et rentrer en cuisine. Non. Chaque jour l'espace de la terrasse se redessinait, sur la trame des rangées de tables et sous le crayon d'un parcours humain, lequel semblait totalement aléatoire et relever d'une déambulation hasardeuse, au gré de son humeur, ou de ses pensées. Pourtant je ne doutais pas qu'il contrôlât rigoureusement chaque table et, donc, qu'il sût parfaitement par où il était déjà passé, quelles tables restaient à vérifier. Je suivais avec attention son parcours car je me demandais si – j'étais sûre que – une intention guidait ses choix, et peut-être qu'un parcours plus grand, plus mystérieux, guidait ses trajets quotidiens pour dessiner sur une semaine, sur un mois peut-être, une séquence dont le sens m'échappait. Une logique s'imposait tous les jours d'ailleurs, sans faillir : il pénétrait le terrain par une rangée et la quittait par une autre. Et entre cette arrivée et cette sortie il évoluait d'une table à l'autre, traversant les rangées, s'en détournant pour en suivre une autre, revenant terminer celle qu'il avait laissée. Mais depuis une semaine que je l'observais, je ne parvenais pas à dégager une méthodologie du choix de ses entrées et sorties du labyrinthe, ou encore de ses changements de direction. Je m'étais demandé bien sûr s'il lui arrivait de contrôler à deux reprises une même table, et j'avais déterminé des tables témoin que j'observais tout particulièrement : jamais l'une d'elle n'avait été visée deux fois. Le constat qu'il n'y avait pas d'erreur m'avait convaincue dans l'idée qu'il y avait là un parcours secret, et dès le troisième jour j'avais entrepris de dessiner ses itinéraires, l'un après l'autre, sur un carnet. J'en étais au cinquième plan, et pas un ne ressemblait à l'autre. Les résultats étaient surprenants : je découvris dès le premier relevé que jamais, dans chacun de ses itinéraires quotidiens, il ne revenait sur un même tracé. Cela était facilité par la possibilité de contrôler les tables à sa droite et à sa gauche sur son parcours, ce qui divisait par deux les rangées à parcourir, mais tout de même. J'attendais d'avoir suffisamment de parcours pour parvenir à en déterminer enfin la logique. Il y avait aussi cette rangée qui n'avait jamais fait l'objet ni de l'entrée, ni de la sortie de son parcours : c'était la troisième rangée en partant du fond. Je n'en comprenais pas encore la raison, et elle était devenue mon repère ; j'attendais patiemment qu'elle joue enfin l'un de ces rôles, car peut-être alors le système s'éclairerait. Et chaque matin se faisait plus nerveuse mon attente, que je vivais dans la crainte d'être distraite et de manquer le moment où cette rangée serait peut-être le terrain d'un événement déterminant.

Il y avait autre chose qui me fascinait chez le maître d'hôtel : la dynamique de son mouvement. Il n'y avait rien de fluide dans sa marche :

au contraire, chaque virage s'apparentait à une butée contre un obstacle invisible. Était-ce la mécanique de son parcours qui, complexe, en saccadait le rythme, imposant au geste l'arrêt du doute ou de la visualisation d'un plan inscrit dans sa pensée, semblable à mon plan de papier, mais qu'il se serait dessiné chaque matin avant d'entrer en scène ? Toujours est-il que son évolution entre les tables, et bien que son regard fût concentré sur celles-ci, semblait un long errement dans les méandres d'un labyrinthe, et que sa stature, et sa manière de charger en avant dans une dynamique de poussée refoulée brusquement par des obstacles invisibles, sa manière de tourner d'abord la tête, puis les épaules puis le corps avant de s'engager dans un virage, me le faisait voir comme le Minotaure tournant sans fin dans son labyrinthe, et que moi, traçant son parcours sur mon plan, je me représentais en Thésée déroulant son fil d'Ariane, en quête de la liberté que m'apporterait certainement la réponse à mes questions. Et chaque fois, je me demandais ce qui me retenait, moi aussi, dans ce labyrinthe d'attente attentive.

Je me levai de mon transat : il fallait quand même que je remonte voir ce qui avait pu provoquer ce mouvement sur ma terrasse.

XII

Je remarquai, sortant de l'ascenseur et m'engageant dans le couloir, que la porte de ma chambre était légèrement entrebâillée. Amalia devait faire le lit – c'était donc Amalia que j'avais aperçue. J'hésitai un peu tout de même, puis entrai. Le lit était fait, mais pas d'Amalia. Peut-être nettoyait-elle la douche, que je ne pouvais voir depuis l'entrée, et en effet, j'entendis du bruit venant de la salle de bain. Je m'interrogeais sur l'attitude à adopter quand je me rendis compte qu'à ma gauche, le placard était ouvert. Je me raidis : je ne me souvenais pas l'avoir laissé ouvert. Je me demandai si Amalia pouvait avoir ce genre d'indiscrétion, et tandis que je me le demandais, je réalisai que les sons que j'entendais dans la salle de bain n'étaient pas des bruits de nettoyage, mais le frottement hésitant de semelles sur le sol. Ce n'était donc pas Amalia, qui invariablement portait, comme le reste du personnel d'entretien, des pantoufles de feutre. Ce ne pouvait non plus être Hector, qui se trouvait à son poste dans l'ascenseur quelques minutes plus tôt. J'aurais tant aimé pouvoir conclure de cette présence que ma chambre était bien le terrain de leur retrouvailles secrètes, mais de toute évidence, rien ne m'autorisait à formuler ce vœu.

J'entendis une fermeture éclair qui s'ouvrait, des petits frottements et entrechoquements et, à nouveau, le bruit sec et râpeux de la fermeture. Un silence s'ensuivit, assez pesant, brisé net par le bruit d'un choc amorti qui m'indiqua que la porte du placard, sous le lavabo, se rabattait. Le frottement des semelles devint plus ample et se changea en tapotements – ce devaient être des semelles de bois –, me prévenant que la personne amorçait une retraite de la salle de bain. Prise d'un embarras diffus, je songeai à m'éclipser de la chambre, mais évaluant la distance qui me séparait de la porte je dus me rendre à l'évidence qu'il était trop tard pour la rejoindre. Le placard ouvert devant moi me tira à lui, je m'y laissai engouffrer et refermai la porte sur moi. C'était terriblement cliché, mais je me dis, ce faisant, que si c'était cliché, c'était bien parce que cette solution avait fait ses preuves. L'espace était généreux d'ailleurs (je me félicitai d'avoir peu de vêtements dans ma penderie : en plus du peignoir je comptai, machinalement, trois jupes, une robe, deux jeans, quatre t-shirts et, dessus, le collier de perles). Mais à peine la porte refermée sur moi, je me rappelai son système d'ouverture que j'avais trouvé fort ingénieux : une petite pression sur la porte, et la voilà qui se déportait sur le côté. Et depuis l'intérieur, comment faisait-on ? Dans ma hâte je l'avais poussée du plat de la paume, et je croyais bien avoir entendu un petit clic, qui annonçait que la voilà bien fermée. Il n'était pas question de tenter une sortie, car les pas s'étaient approchés, puis s'étaient tus. La présence dans ma chambre se trouvait devant le placard. J'éprouvai une sensation agaçante, de ces caresses désagréables de la fièvre, quand chaque frottement de tissu, le plus léger, provoque un frisson râpeux sur la peau, que je ressentis dans le dos, et qui remonta dans la nuque. Je ne bougeais pas, retenant ma respiration, me demandant si j'avais raison de dissimuler ma présence, me demandant pourquoi c'était moi qui me cachais. Si je faisais du bruit, certainement la personne ouvrirait la porte, me libèrerait, et j'aurais la réponse à mes questions. Mais mes membres se refusaient à obéir à ma raison, alertés peut-être par l'anormalité de cette immobilité, de l'autre côté de la porte. Un frottement sec sur le sol m'indiqua qu'on s'approchait encore. Dans un mouvement réflexe et vain je me projetai en arrière, comme pour me cacher encore plus, quand une pression sembla pousser le panneau vers moi, qui s'ouvrit, avec une indolence perverse, sur la disparition de la présence. Hébétée, je restai un moment immobile, puis m'extirpai du placard.

Je sortis dans le couloir : il était vide.

XIII

Une fois par semaine, le samedi soir, l'hôtel organisait des petits concerts pour ses clients. Je n'y avais pas encore assisté, un peu sceptique quant à la qualité attendue de ses interprètes, mais ce soir-là, sans trop savoir pourquoi, je n'avais pas envie de rester dans ma chambre.

Le programme annonçait du jazz. Le temps étant doux, la scène avait été disposée en extérieur, sur la terrasse du restaurant. Tout en admirant l'efficacité du service, qui à peine le dîner desservi avait réorganisé tables et chaises et disposé contre la baie vitrée un piano, une batterie et quatre pupitres, je m'installai au dernier rang, pas tout à fait décidée à rester, voulant me laisser la possibilité de me dérober discrètement en cours de concert. Devant moi les rangées se remplissaient d'une alternance cocasse d'habits de soirée et de peignoirs blanc – j'étais pour ma part en peignoir. Puis le silence se fit : sur la scène venaient d'entrer, par la gauche, les musiciens, l'un les mains vides, qui s'assit au piano, les autres avec leurs trompette, trombone et clarinette. Nous attendions qu'ils lèvent leurs instruments, mais eux semblaient attendre autre chose. Ils attendaient quelqu'un : venu de la salle de restaurant, le contrebassiste arriva, portant laborieusement son instrument, et je me fis la réflexion que son entrée à contretemps et contresens – il était arrivé par la droite, les autres par la gauche – accentuait la sensation de retard sur le temps des autres musiciens, déjà prêts, déjà engagés dans le moment.

Ils ne durent cependant pas patienter beaucoup : le contrebassiste pinça ses cordes, tournicota un peu une cheville et leur adressa un signe de tête : il était prêt. Le concert commença avec un classique que je reconnus sans l'identifier – ma culture du jazz était assez sommaire –, transcrit très probablement pour la formation d'instruments réunie devant nous. À la fin du premier morceau, je décidai de rejoindre la piscine. Je me levai, longeant les chaises pour sortir du rang, légèrement penchée pour me faire plus discrète, malgré la blancheur de mon peignoir dans l'ambiance tamisée. Je rejoignis à pas feutrés le bassin, en contre-bas de la terrasse, me débarrassai du peignoir et me glissai dans l'eau.

Je fis quelques allers-retours silencieux, puis allai m'appuyer contre une paroi. De là je voyais la tête de la contrebasse osciller au rythme de la musique. Je me laissai bercer par son mouvement.

Les tubes s'enchaînaient et j'écoutais d'une oreille, l'esprit balayé d'images troubles et furtives, quand je levai la tête et remarquai que de la piscine, on voyait un des hublots de ma chambre. Une lumière tamisée l'auréolait – une lampe oubliée ? –, qui me fit explorer l'idée que qui sait, le visage de Siegfried par exemple pourrait soudain y apparaître, et que ce serait assez angoissant. Je détournai mes yeux de la façade, me faisant la réflexion qu'il n'était pas dans le public, quand une trompette égrena une montée de notes énigmatiques. Je reconnus cette fois le générique d'*Ascenseur pour l'échafaud* (j'entendis une rumeur de satisfaction dans le public : je n'étais pas la seule à avoir reconnu le thème). J'essayai de me remémorer l'intrigue du film et le déroulé du meurtre. Il m'était souvent arrivé d'imaginer un meurtre parfait. Non par quelconque vocation : c'était le processus créatif qui m'intéressait. Le geste artistique. Les choix de la victime et de l'arme harmonisés avec l'esthétique du crime, pensé et préparé de manière que les gestes soient élégants, soignés. Le geste du meurtrier, le mouvement de la victime : purs, sans accroc. Une belle scène. Puis quitter les lieux. Avec dignité.

Je ne sais pourquoi, les pieds jouant au rythme de la contrebasse avec un petit jet d'eau tiède qui fusait près du sol, tandis que le clapotis de l'eau chatouillait doucement mes oreilles, l'idée me vint que c'était peut-être là le cadre parfait pour imaginer un crime. L'un de nous pourrait-il en être l'auteur dans ces lieux ?

Mon corps se raidit dans un mélange d'excitation et de malaise. Je l'élançai dans l'eau et fis quelques brassées amples. Je fis ainsi plusieurs allers-retours dans le bassin, et c'est en revenant contre la paroi que, la tête appuyée contre l'arête acérée du rebord de pierre, l'image s'imposa, nette, évidente, comme si elle s'était déjà construite à mon insu et n'attendait que d'être exposée et débattue. Comment le déroulé des actes s'imposa-t-il si naturellement, coulant sans effort dans mon cerveau ? Je vis avec précision la petite fente dans la dalle de la marche la plus haute de l'escalier de service, sur le palier de mon étage, petite fente que j'avais vue sans y prendre garde à chaque fois que je montais – souvent je prenais l'escalier de service pour remonter dans ma chambre, et il m'arrivait de croiser le maître d'hôtel d'ailleurs – et je vis aussi que cette fente pouvait se transformer en fracture. Il suffirait d'un petit coup dans la fente de cette dalle pour faire sauter un éclat dur comme le bord de la pierre contre laquelle ma tête reposait en ce moment même. Une fois cet outil préparé et soigneusement remis en place, aller chercher, par exemple, le maître d'hôtel, afin de lui montrer le dégât, qu'il le fasse réparer avant qu'un accident regrettable ne se produise. Le devancer dans l'escalier pour aller voir la marche. Au niveau de celle-ci, lui montrer le morceau de pierre, se baisser et le prendre, faire semblant de remarquer quelque chose en bas de l'escalier, il tournerait la tête pour voir de quoi il s'agissait, et là le frapper derrière la tête avec l'angle de la pierre. Il vacillerait, ses jambes se déroberaient sous lui et son corps dévalerait les marches pour s'affaler en vrac sur le palier. Laisser tomber négligemment le morceau de dalle derrière lui, témoin irréfutable du triste accident qui venait de se produire, et quitter calmement les lieux. À ce stade du déroulement de mes pensées, une crainte soudaine pénétra mon esprit, véhiculée par une tenue sombre de la trompette sur fond de pizzicati de la contrebasse et me rappelant cette scène de l'*Ascenseur*, où le meurtrier se trouve enfermé dans l'ascenseur : et si l'on était surpris, pris au piège dans la cage d'escalier ? Je me rassurai : on ne pourrait que constater l'évidence de l'accident : le pauvre homme avait mis le pied sur la dalle fissurée, l'éclat s'était détaché et l'avait emporté avec lui, comme c'était regrettable, une vraie malchance. Et, l'orientation du coup ayant été bien étudié, on ne verrait sur sa nuque que la marque du choc contre l'angle d'une marche sur laquelle sa tête aurait frappé pendant la chute. Sans compter que là, il n'y aurait d'évidence aucun mobile.

Quoique. Je repensai à un épisode auquel j'avais assisté quelques jours plus tôt: ce matin-là la formation d'un nouveau serveur s'était déroulée devant moi, alors que je traînais en terrasse après le petit déjeuner, comme à mon habitude. Une table avait été laissée vide pendant le dressage et l'apprenti était venu sur la terrasse accompagné du maître d'hôtel. Celui-ci amena un chariot sur lequel étaient posés des verres et, je supposai, car je ne les voyais pas, divers types de fourchettes, couteaux et cuillers, qui allaient bientôt couvrir la table. Le maître d'hôtel dressa un couvert pour montrer à l'apprenti. Il préleva du plateau une serviette blanche, qu'il plia sur la table, puis disposa de part et d'autre trois fourchettes et trois couteaux, de forme et usage différents, enfin c'est ce qu'il me sembla, ou que j'imaginai. Puis deux verres, un gros ballon, un petit ballon. Une petite brise soufflait, qui soulevait légèrement la serviette sur la nappe, et m'apportait des fragments de mots. C'est ainsi que je remarquai qu'ils se parlaient en français. Cela ne m'étonna pas vraiment. À chaque fois qu'il prenait en main un accessoire du dressage, le maître d'hôtel le nommait et en indiquait probablement l'usage. Ce fut au tour de l'apprenti de placer les couverts. Il s'exécuta, accompagné de brefs hochements de tête de son maître ou, parfois, d'un petit coup sec sur sa main, qui en décalait le geste de quelques millimètres.

Puis le maître d'hôtel s'assit devant la table. Il renvoya l'apprenti aux cuisines. C'est ce que je crus, un peu étonnée à vrai dire. Mais bientôt je vis l'apprenti traverser la salle du restaurant et apparaître en terrasse, portant comme un nouveau-né une bouteille de vin inclinée dans un seau posé sur une assiette, une serviette blanche assise à califourchon sur la bouteille. Il déposa le tout précautionneusement sur la table, mais se fit réprimander – je ne sus pourquoi –, repartit en cuisine, revint sur la terrasse, approcha de la table un guéridon, repartit en cuisine, et revint avec sa bouteille et son équipement. Qu'il posa sur le guéridon. Il sortit la bouteille du seau, allait sortir un tire-bouchon de sa poche, mais à peine en avait-il esquissé le geste que le maître d'hôtel renvoya le mouvement d'où il était venu, lui dit sèchement quelque chose que je ne compris pas et quelque chose que je compris, d'une voix cinglante : « recommence ». À ce moment, je sentis un élancement dans mon genou. « Ton bras est trop haut ! Recommence ! », « Ta tête ne suit pas ! Recommence ! », « Tu caches ton visage ! Recommence ! » Recommence. Combien de fois avais-je entendu ce mot de la bouche de Heidi. À l'Opéra, on était quelques-uns à l'appeler La Recommence. Il est des mots dont à force de les entendre on ne perçoit plus que la consonance. À force de ne plus vouloir l'entendre aussi. Recommence avait fini par perdre son sens, il n'était plus à mes oreilles et à mon esprit qu'une suite de trois syllabes fermées et terminées par le sifflement de l'énervement. Je lui avais ôté toute autre valeur que sa sonorité afin de ne plus en être giflée, et je l'entendais comme j'aurais entendu le nom d'un village, ou d'un lac, pourquoi pas : le lac de Recommance. La dernière fois que j'avais entendu Heidi dire ce mot, nous avions attendu un peu. Le temps de reprendre notre souffle. Trop. Elle avait hurlé encore une fois : Recommencez ! Alors nous avions recommencé. Puis nous n'avons plus jamais recommencé.

Je surpris l'apprenti ramasser rapidement une larme de son gant blanc et reconnus dans le tremblement de sa main cet affolement qui déséquilibre et à partir duquel la progression n'est plus possible, l'accident attend au tournant. Et dans son geste il laissa en effet tomber la serviette, qu'il ramassa, joues cramoisies, sous l'œil méprisant du maître d'hôtel. Mais il se redressa, digne, et recommença le geste demandé. Cette fois, avant de sortir son tire-bouchon, il présenta la bouteille, étiquette face au maître d'hôtel, qui balaya le geste d'une main impatiente. Alors il déboucha la bouteille, et servit le vin. La brise ne m'amena pas la chanson de délivrance du liquide clair et frais qui s'évade de la bouteille après des années d'attente. Mais le maître d'hôtel l'entendit, eut un léger rictus de plaisir et prit le verre en main, le fit tourner entre ses doigts. Il allait le porter à ses lèvres quand il remarqua, ou se souvint, de ma présence. Je vis ses yeux se tourner vers moi, très légèrement, puis d'un geste raide, un peu brusque, il reposa le verre. Je tournai le regard vers les montagnes. Le maître d'hôtel se leva, renvoya sèchement en cuisine apprenti, vin, verre, seau et guéridon. À ce moment je le vis basculer tout aussi sèchement par la balustrade, mais ce ne fut qu'une image, bien sûr.

Dans le public, des applaudissements retentirent : le concert était fini. Un petit groupe de retraités, qui n'avaient probablement pas osé tenter la piscine tant que les musiciens jouaient, en profitèrent pour entrer dans l'eau. Les ondes bousculées glissèrent vers moi et, chatouillant ma nuque d'une caresse fraîche, m'arrachèrent à mes pensées pour me reporter sur l'observation du vivant. Sur la terrasse les serveurs s'affairaient pour débarrasser les chaises et installer un buffet (buffet sucré, me rappelai-je, je l'avais lu sur le programme). Mon groupe de retraités, tiraillés entre les plaisirs aquatiques et l'appel des amuse-gueule gratuits, ne tergiversèrent pas longtemps : d'un seul mouvement ils rejoignirent les marches de la piscine et en sortirent, pressés d'attraper leur peignoir et de se sécher pour prendre leur place en première ligne au buffet. En la quittant, l'eau qui s'était gonflée de leurs corps, comme un poumon retenant l'air, expira, et les ondes libérées retrouvèrent la fluidité de leur mouvement naturel.

Les serveurs avaient quitté la scène, suivis du maître d'hôtel qui après un dernier contrôle du buffet s'en allait, satisfait, rejoindre probablement ses appartements. À ce moment il me sembla reconnaître la silhouette de Siegfried, qui lui emboîtait le pas, mais un groupe s'interposa entre nous et quand il libéra ma vision il avait disparu. Prise d'un frisson – à force de rester statique, je commençais à trouver l'eau un peu fraîche –, je sortis de la piscine, et m'enveloppai à mon tour de mon peignoir. Je m'approchai du buffet, cueillis une petite tarte au citron et remontai dans ma chambre.

XIV

Une heure plus tard j'étais encore debout, accoudée à la rambarde de ma terrasse : attirée par les lumières des thermes encore ouverts, je décidai de descendre profiter des nocturnes. Les bassins étaient quasiment vides, en concurrence à cette heure avec le sommeil : seuls quelques peignoirs pendaient sur les patères au-dessus des pantoufles associées. À la recherche d'un espace intime, je me dirigeai vers un des blocs abritant les bains sensoriels et, constatant qu'il était vide, descendis les marches qui entraient dans l'eau.

C'était un bain rectangulaire, presque en couloir, dont deux des côtés, en face de l'entrée et sur la longue paroi de droite, étaient bordés d'un banc immergé où l'on pouvait se tenir assis appuyé contre un large rebord de pierre faisant également office de dossier. C'était le bain le plus chaud : l'eau y était presque brûlante, et l'argile rouge dont étaient couvertes les parois et les mosaïques également rouges au fond du bassin en faisaient comme une allégorie assumée de l'enfer. Pourtant j'aimais à y aller, rassurée par sa chaleur, son obscurité et son silence étouffé.

Alors que je m'asseyais face à l'entrée et écartais les bras pour prendre appui de part et d'autre du dossier, étendant mes jambes que je laissai flotter, je fus surprise par une silhouette assise au bout du banc perpendiculaire au mien. Je ne l'avais pas vue en entrant : elle se tenait alors dans un angle mort, tout de suite à droite de l'entrée, tandis que ma vue s'adaptait encore à la faible luminosité de l'espace. Je reconnus Siegfried.

Il me regardait, un pied posé sur le banc, jouant de sa main à caresser son genou hors de l'eau, la nuque droite soutenant une tête effilée aux mâchoires nerveuses, aux pommettes anguleuses et aux yeux sombres enchâssés dans des orbites profondes. Je ne pouvais que soutenir son regard, prise au piège de ma position, bras déjà ouverts face à lui. Son visage n'exprimait qu'une observation attentive, comme attendant que quelque chose se passe, et pourtant je ressentis un puissant érotisme dans ce face à face silencieux, dans cette distance reliée par un banc et l'eau qui chauffait nos corps. Acculée contre la paroi, je posai la paume de ma main droite sur son argile rouge, en appui pour soutenir l'assaut contradictoire d'une peur et d'un désir dont je ne savais s'il était mien ou sien. Comme répondant à mon geste il étendit sa jambe droite sur le banc, réduisant ainsi la distance entre nos corps et, toujours me fixant, alla poser sa main droite sur le rebord de pierre, soulevant ainsi légèrement son buste. À ce moment seulement, son expression se marqua d'un léger sourire et de ce que je perçus comme un acquiescement de paupières, comme validant un lien préétabli entre nous. Sa bouche s'ouvrit légèrement, je crus qu'il allait parler, et cette intention m'emplit d'une peur plus forte que tout assaut auquel j'aurais pu être soumise : poussant brusquement de ma main la paroi je propulsai mon corps dans l'eau et nageai vers la sortie, la nuque brûlante de la sensation d'être suivie par son regard. Avant d'atteindre l'escalier, je dus mettre pieds au sol et, tout en marchant, je remarquai, sur la paroi que je longeais, l'ombre de mes jambes projetée par un spot latéral. Leur silhouette noire déroulait chaque pas avec cette amplitude démesurée qu'oblige la résistance de l'eau, captation d'une fuite au ralenti, comme dans ces rêves récurrents où je tentais de courir mais piétinais sur place, le sol se dérobant sous mes pieds. Attrapant le garde-corps je montai les marches et, une fois parvenue à l'extérieur je me retournai : sur la paroi d'argile rouge l'empreinte humide de ma main ouverte était encore là, aux contours précis, comme une marque de sang dont l'excès se refusant à être bu par la terre s'écoulait lentement.

Prise d'un léger vertige et convoitant la fraîcheur après la brûlure, je gagnai tout de suite le bassin qui menait au bain extérieur. Dehors la nuit pesait de son silence sur l'eau, dont le calme me rassura. Nous n'étions qu'une dizaine à évoluer dans la vapeur qui s'échappait de l'eau chaude, plus dense qu'en journée du fait de la fraîcheur nocturne.

Je me retirai dans un renfoncement d'où je pouvais observer l'ensemble du bassin. Quelques spots de lumière rasaient la surface. Perçant avec acuité la vapeur sur leur trajectoire, ils la transformaient çà et là en flammèches éphémères qui, poussées par le vent, fuyaient de part et d'autre du bassin tels des feux follets sur un marécage. On eût dit que l'eau était en feu. Au milieu de ce ballet enflammé, inconscientes du tableau dont elles étaient actrices, les têtes des nageurs évoluaient avec nonchalance, poussées hors de l'eau par le mouvement souple de la brasse dont émergeaient les nuques offertes à la lame lumineuse de la surface de l'eau. La chorégraphie était à la fois dissonante et esthétiquement parfaite : on l'aurait écrite et répétée qu'elle n'aurait été plus gracieuse, et inquiétante. Derrière moi, l'eau se faisait avaler par la rigole. De celle-ci remontait la résonance de percussions métalliques : klang, klang, et je me demandai une fois de plus d'où elles pouvaient provenir. Sous les bassins devait réellement exister un monde parallèle où évoluaient, le jour, mes crocodiles imaginaires. Mais la nuit c'était un monde plus sombre, plus terrifiant, que je voyais bien ressembler aux profondeurs sombres des geôles du Château d'If qui n'avaient jamais vu la lumière du soleil, où entraves et chaînes se heurtaient aux barreaux de fer, pendant que plus haut, le ressac fouettait les pierres creusées par les vagues.

Imprégnée de ces images je vis soudain les mêmes têtes qui, plus tôt, glissaient sereinement sur l'eau au gré du mouvement fluide de la brasse, comme des têtes décapitées défilant au bout de leur pique, ou glissant sur l'eau poussées par le courant. Je m'élançai dans l'eau pour effacer l'image et détendre mon corps, et rejoignis un autre poste d'observation d'où je pouvais voir, rassurante, la vue illuminée de l'intérieur des thermes. Contre la paroi prolongeant la montée des escaliers, au niveau supérieur des douches, pendaient les peignoirs des baigneurs encore présents dans le bassin. Ainsi réunis en aréopage ils me dominaient et semblaient m'observer comme des juges dans leur toge accablante. Je baissai le regard et me vis dans la baie vitrée : coupée elle aussi par la lame lumineuse de l'eau, mais apetissée par la distance dédoublée du reflet, ma tête paraissait plus vulnérable encore que celles qui, peu à peu, émergeaient pour se rattacher à leur corps sortant de l'eau. Je détournai les yeux et observai la vie se dérouler encore dans le bassin, jusqu'à ce que tous les figurants quittent la scène et qu'avertie de la fermeture des thermes par trois gongs successifs, je laisse à mon tour le bain vide finir de se consumer.

XV

Autour des tables, l'évolution des serveurs bruissait de regards furtifs et de conciliabules inhabituels. En réalité, je ne m'en étais pas vraiment rendu compte pendant le petit déjeuner, l'esprit encore confus d'une nuit sans sommeil. Ce n'est qu'après, alors que j'étais allée rejoindre mon transat pour observer le dressage des tables et son contrôle par le maître d'hôtel, que le temps passant et le maître d'hôtel ne venant pas, je me fis cette réflexion : il régnait une ambiance étrange, ce matin, parmi le personnel. Je regardai à travers la baie dans le restaurant : un petit attroupement de serveurs semblait discuter, des mains soulevant des suppositions, d'autres les balayant d'un geste péremptoire. Et pendant ce temps, sur la terrasse, solitaires, les nappes frémissaient sous l'empreinte du vent léger et de leur déception : le maître d'hôtel ne venait pas voir comme elles étaient belles ce matin.

Le maître d'hôtel n'était pas là. Je me surpris à me demander : et Siegfried, où était-il ?

Je parcourus du regard la terrasse : il était là, accoudé à la balustrade, me tournant le dos, tournant le dos à l'absence du maître d'hôtel. C'était la première fois que je le voyais là à cette heure. Un frisson me parcourut : en le découvrant immobile et détaché ainsi de la scène, présence troublante substituée à une absence aussi anormale que préméditée, je venais de voir, en arrière-plan, défiler mes pensées de la veille.

Un mouvement me détourna cependant de Siegfried : à deux transats du mien, le couple que j'avais vu arriver l'avant-veille à l'hôtel s'installa. Presque soulagée d'être détournée de mon observation, je les saluai mécaniquement. Un serveur arriva sans tarder, leur apportant deux tasses de café. Je décidai de rester encore un peu et cherchai à détourner mes yeux et mes pensées par une occupation. Sur la petite table jouxtant mon transat, j'avisai une brochure, que je saisis : c'était une brochure des thermes, retraçant apparemment leur histoire, dans trois langues, dont le français. Cela tombait bien, je m'étais souvent demandé, en admirant leur architecture, comment un tel bâtiment avait bien pu se greffer au vénérable et séculaire édifice de l'hôtel. Je pivotai un peu mon transat : ainsi Siegfried n'était plus dans mon champ de vision.

Je lus, donc, avec autant de concentration que me le permettaient les invectives de la femme envers son mari : une histoire de crème solaire oubliée, à laquelle le mari proposait, d'une voix douce et patiente, la solution d'aller voir à l'accueil s'ils n'en vendaient pas. Dans l'antiquité, les thermes avaient à la fois une fonction cultuelle et thérapeutique. Je surpris alors un petit détail qui m'agaçait au plus haut point : jouant avec son verre d'eau, la femme le menait dangereusement près du bord de la table. Par la suite, au Moyen Âge, le propriétaire de ces établissements s'appelait l'étuvier. Je me demandai si Siegfried était encore là, mais me retins de le chercher des yeux. L'étuvier était à la fois barbier et chirurgien. Je redoutais le moment où d'un de ses gestes brusques, la femme ferait tomber le verre. La pierre qui portait le nom de gneiss et que je foulais dans les bains avait par ailleurs trois cents millions d'années. Je remarquai que la femme se levait, probablement pour aller aux toilettes. Les bains, eux, étaient vidés une fois par semaine pour subir un récurage à fond. Et à ce moment le mari, libéré, se leva à son tour pour aller admirer le paysage depuis la balustrade de la terrasse. J'en profitai pour reposer la brochure et quitter la place, mais alors que je m'apprêtais à me lever, je vis Siegfried traverser la terrasse, probablement chassé de son poste par le mari. Ce faisant, il croisa la table du couple : en passant, il posa la main sur le verre et le poussa discrètement vers l'intérieur de la table. Avait-il lu dans mes pensées ? Nos regards se croisèrent et s'attardèrent un peu, temporisant imperceptiblement le mouvement de son corps et soulevant légèrement le mien, comme par effet de magnétisme. Je le suivis du regard, puis me levai à mon tour et traversai à sa suite la salle du restaurant. Passant par la réception, je remarquai que le comptoir grouillait d'une animation à laquelle je n'étais pas habituée : c'était l'heure du check out. Des grooms attendaient pour mener les gens au petit bus de l'hôtel, qui les amènerait au train. Un homme brandissait une pancarte sur laquelle était écrite « See-lake-lac » : une excursion vers le lac probablement. Je me demandai quelles activités j'avais manquées, à ne jamais varier mes horaires matinaux, tout en écoutant les portes de l'ascenseur s'ouvrir et le tapotement de semelles de bois le rejoindre. Je me retournai alors et regardai la cage s'élever lentement, puis disparaître.

XVI

Parvenue à ma chambre, je sortis sur la terrasse. Je tentai de lire un moment sur un des transats mais mon esprit balayé d'intermittentes fulgurances impatientes se refusait à accompagner mes yeux jusqu'au bout des lignes. Je les fermai et, fatiguée peut-être de lutter contre elles, je m'endormis. Quand je me réveillai, l'après-midi semblait déjà bien entamé. Je me levai et m'approchai du garde-corps.

En bas, la piscine se remplissait avec nonchalance des corps reposés par la sieste. Les membres s'étiraient dans l'eau, les mouvements étaient encore lents, les vaguelettes ondoyaient souplement autour d'eux comme le plissement des draps qu'ils avaient laissés tantôt. Il faisait étonnamment chaud pour la saison. La fraîcheur de l'eau m'attirait, mais je n'avais pas envie de descendre. Je m'accoudai au garde-corps. J'aurais pu, de celui-ci, sauter dans la piscine, presque. Avec un élan suffisant mon corps se projetterait, survolerait la bande étroite de terrasse, fondrait en piqué, fendrait l'eau. Un frisson, peut-être, me prendrait au contact de la petite gifle fraîche qu'elle imprimerait sur mon corps. Mais peut-être qu'une fois dans les airs j'aurais envie de m'évader, alors je cambrerais mon dos, je repousserais l'air de la paume de mes pieds, et je monterais en d'amples battements d'ailes. Peut-être que je m'élèverais haut au-dessus de la piscine, de ses gens, puis de l'hôtel, puis du lac, puis des montagnes, libre je monterais vers le soleil, tel Icare, aventurier et têtu, vulnérable et inconscient.

Tandis que je pensais à Icare, la femme que j'avais vue ce matin-là sur la terrasse entra dans mon champ de vision pour rejoindre la piscine. Elle marchait d'un pas prudent sur les dalles bordant la fosse, tâtant du pied le sol, n'en détachant l'un que lorsque l'autre avait assuré le contact, les bras légèrement détachés de son corps rond, mains ouvertes prudemment vers le sol. Mais alors qu'enfin ses deux pieds s'étaient réunis devant la petite échelle qui descendait dans la piscine, qu'un bras commençait de s'avancer vers la rampe, alors qu'enfin il s'était stabilisé, le corps se redressa d'un coup, comme soulevé par un hoquet. Brusquement la masse s'effondra, frappa le sol, puis se figea, bras et jambes écartés, la tête basculée sur le côté. Je l'enviai d'avoir chuté avec cette désinvolture de l'ignorance, quelques secondes plus tôt, de la possibilité même de la chute. La scène avait été très rapide et le silence, le silence des gestes autour d'elle, me parut infiniment long, avant que d'autres corps, émergeant de l'eau, d'un transat ou de la terrasse, accourent et encerclent le phénomène. Mais une voix devait avoir crié, cachée de ma vue et de mon ouïe, car soudain les corps se braquèrent et se déportèrent en arrière, ouvrant le cercle et laissant passage à un homme qui accourait. Je reconnus le mari. Qui se laissa choir aux côtés du corps éteint de sa femme, prit une main, tâta un pouls, porta son oreille à la bouche, écouta une respiration, releva la tête. Son regard balaya l'assemblée qui à présent se tenait prudemment en retrait. Il n'y trouva pas d'aide certainement, car il sortit un téléphone de sa poche, pianota dessus, le porta à son oreille, attendit, parla, le reposa au sol et se pencha à nouveau sur le corps, en souleva la tête, la reposa, en releva une jambe, puis l'autre, les allongea à nouveau, reprit la main, tâta le pouls, souleva encore la tête. J'aurais pu lui dire, de mon balcon, il m'aurait entendue, j'aurais pu lui dire d'arrêter de l'actionner comme une marionnette, qu'il allait finir par lui rompre la colonne vertébrale qui avait peut-être été endommagée par la chute. J'aurais pu lui dire, mais je ne le fis pas. Une main dans une poche, je roulais machinalement les perles du collier qui par hasard s'y trouvait. Je regardais la scène, comme un tableau, extérieure au drame : tout cela ne me regardait pas.

Le mari continuait ses gesticulations, par mouvements désordonnés, mécaniques, pour meubler l'attente peut-être, l'attente de quoi. Je le sus assez vite (la rapidité des secours suisses) : venant du ciel une masse gigantesque et vibrante arrivait, battant le ciel de ses pales. Sur le corps affalé elle déposa lentement la couverture de son ombre : les jambes puis le ventre puis le buste, laissant la tête nue sous le soleil. À une dizaine de mètres au-dessus du corps, un hélicoptère rouge s'immobilisait, palpitant du mouvement rotatoire de son hélice, qui balayait de son souffle puissant les branches des arbres et agitait de vagues violentes la surface de la piscine. Les spectateurs, au sol, avaient reculé prudemment, le visage levé, une main sur la tête comme pour retenir leurs cheveux, fascinés par l'apparition, devenus indifférents au corps inerte dont les chairs aussi étaient balayées de vagues, et semblaient reprises de vie. Et c'était vrai, la vie était revenue, car éveillée peut-être par le vacarme de l'hélicoptère, la tête s'était redressée, et elle observait à présent, hagarde, l'engin formidable qui s'était figé au-dessus d'elle. Alors on vit sa porte s'ouvrir et un homme apparut. Ceinturé d'un harnais il s'assit au bord de la plate-forme, laissa pendre ses jambes puis, s'agrippant à un câble, se laissa couler vers le sol. Arrivé à côté du corps, il lui parla : il devait crier fort pour couvrir le bruit de l'hélicoptère car les muscles de son cou se gonflaient à chaque mouvement de la bouche. Il se pencha vers la tête de la femme pour écouter, peut-être entendit-il un son, des paroles, en tout cas il déploya au sol ce qui semblait être un harnais, il entreprit de le passer autour du corps, mais ce n'était pas une mince affaire car celui-ci n'aidait en rien son entreprise, bras et jambes toujours étalées : seule la tête battait de droite à gauche. Le mari vint aider et ensemble ils parvinrent à glisser le harnais sous le dos et derrière les épaules, le sauveteur ferma les boucles sur le ventre, tira sur les sangles. Puis il leva la tête vers le pilote et fit un hochement de la tête.

Alors que le corps tiré par le câble commençait de se soulever du sol, je me rendis compte qu'en résonance de ces images se jouait en arrière-fond de mon esprit le début du Benedictus de la *Missa Solemnis* de Beethoven : indifférents au vacarme de l'hélicoptère, j'entendis les flûtes, les bassons, les alti et l'orgue frissonner ensemble de leur murmure sombre et ténu, puis se déployer de plus en plus amples et sonores, pour accueillir en leur sein la mystérieuse éclosion des flûtes et du violon solo réunis dans un même souffle séraphique. Pourquoi cette musique céleste, impalpable, s'insinua à ce moment dans ce tableau ?

En bas les têtes se levaient pour regarder la femme, ceinte de son gros porte-bébé rouge, monter dans les airs. L'eau miroitante de la piscine se reflétait sur les visages et les animait d'un souffle d'attente inquiète, peut-être secrètement désireuse, d'une chute du corps. Les regards se tendaient, fascinés par cette créature informe s'élevant de la terre, masse lourde aux membres inertes qui pendaient le long du corps, la tête renversée en arrière, animée seulement des secousses de la levée du treuil. Les bras s'ouvraient dans un geste d'abandon, paumes éployées vers le ciel. Devant mes yeux se déroulait une Assomption improbable, corps abandonné à une volonté supérieure, acteur aussi fortuit qu'indécent d'une scène majestueuse, irréelle. Dans ma tête le violon s'élevait encore et encore au-dessus du parterre recueilli, au-dessus de ces âmes soudain projetées dans une vision aussi mystique qu'elle était profondément grotesque. Dans le fracas des pales de l'hélicoptère, le corps se laissa happer par deux bras forts à l'intérieur de l'habitacle, la porte se ferma, et dans un élan soudain l'oiseau rouge s'envola et emporta son équipage. Haut, très haut, fragile et pure, d'une pureté tremblante, vibrante, à la justesse altérée, à la tonalité excédée, la voix du violon frisait les cieux. Et l'orchestre et les chœurs, après l'avoir de leurs voix chaudes et profondes entraîné dans sa sublimation, après l'avoir guidé et présenté au ciel, s'inquiétaient de le voir monter encore et encore, de sixte en sixte, petit Icare attiré par le soleil, reviens petit Icare, tu vas te brûler les ailes, mais il était loin, sa voix se faisait infime et impalpable, elle avait déjà quitté le monde terrestre. Au loin disparaissait l'hélicoptère, minuscule et frêle oiseau, que je suivis du regard jusqu'à ce qu'il devienne imperceptible, puis ne soit plus. Et la voix du violon s'éteignit.

Une petite fille sauta dans l'eau. L'attroupement, faute de spectacle, finit de se dissoudre tout à fait. Alors, resté seul au bord du bassin, je vis Siegfried. Immobile, visage levé vers ma terrasse, son regard était fixé sur moi. Il me sembla qu'il hocha légèrement la tête, comme si lui, ou moi, ou les deux, avions un lien avec la scène que nous venions d'observer. Je revis sa main, un peu plus tôt, se poser sur le verre de la femme, et la mémoire de ce geste me troubla.

XVII

J'avais rejoint les thermes. J'étais seule dans le bassin central, dont j'aspirais régulièrement à la sérénité en cette heure désertée de l'après-dîner. Quelques bains à remous troublaient l'eau calme, délimités par des garde-corps d'inox brossé en arc de cercle. J'aimais me tenir à eux des seules mains pour laisser mon corps entier se faire soulever par l'eau bouillonnante, puis les lâcher et offrir ma confiance à l'eau comme aux bras du danseur, dans un lâcher prise à la fois attentif et enivrant. Au bout d'un moment les tourbillons, fatigués de porter mon corps, le déportaient hors du cercle et le relâchaient dans l'eau calme du bassin où, sous l'emprise revenue de l'attraction terrestre, il se laissait couler lentement, jusqu'à ce que mes bras réagissent et me remontent à la surface. De la paroi tournant le dos aux montagnes, des jets d'eau fusaient à distance régulière et hauteurs progressives, dessinant un escalier fictif des gerbes de bulles qui forçaient le passage dans l'épaisseur de l'eau. Je m'étais occupée à déjouer leur trajectoire d'abord avec les pieds, puis les mollets, les cuisses, les fesses, et à présent j'offrais mon dos, vaincue, à la volupté du massage. Poussée par le flux de l'eau une sensation d'apaisement se propageait dans mon corps, que j'ondulais de manière à déplacer le jet sur mes lombaires, me rapprochant et m'éloignant pour réguler la force de friction, quand j'inclinai la tête en arrière et vis, en haut, devant moi, Siegfried sur la mezzanine.

Au premier étage, une verrière soutenue d'une dalle émergeait de la paroi et surplombait, en porte-à-faux, une partie du bain. C'était celle qui terminait l'espace des pierres chaudes où je l'avais vu quelques jours plus tôt, à la même place. A priori, on n'y allait pas pour se tenir debout devant la verrière et regarder le bain. A priori, mais il était à nouveau là, debout, qui regardait le bain.

Quand mon regard se posa sur lui, je pensai d'abord à un reflet. Image voilée et ondulante du renvoi de la lumière décomposée par les vaguelettes du bain, son corps se laissait modeler par les langues joueuses des reflets, sa musculature dansant sous leurs caresses lascives. Hypnotisée par le jeu de lumière projeté sur sa peau, je regardais le corps hiératique, aussi offert qu'intouchable, dominant l'espace, le bain et moi, corps qui derrière sa vitrine se métamorphosait en une œuvre d'art offerte à la contemplation ou peut-être, ou plutôt, en un produit érotique, à la manière de ces prostituées se déhanchant en vitrine sous les néons multicolores et clignotants. Les mains appuyées sur la vitre, il me regardait. Je soutins son regard. L'espace d'un instant, j'imaginai qu'une poussée suffirait à sa chute, que son corps serait beau, éclatant le verre et de lumière, chavirant dans les airs, tombant dans l'eau, et dans l'anticipation de cette chute je ressentais à la fois le désir de son corps et le désir de voir son corps disparaître, comme s'il devait s'ensuivre une libération. Brusquement, il se projeta en arrière.

Troublée, je sortis de l'eau et, ramassant mon peignoir, je quittai hâtivement les thermes, mue par une crainte diffuse et irrationnelle de le voir descendre l'escalier et me trouver face à lui. L'ascenseur du bâtiment des thermes se faisant attendre, je décidai de remonter en rejoignant le corps de l'hôtel, auquel un étroit couloir souterrain menait depuis les thermes. Je ne l'avais jamais emprunté encore. Ponctué de portes de service, il n'était de toute évidence pas destiné aux clients. Je m'y engageai tout de même et observai qu'au bout d'une dizaine de mètres il était dévié par un coude. Celui-ci passé, j'entendis que derrière moi une porte s'ouvrait, et se refermait dans un léger grincement. Je me retournai mais ne vis rien : la porte en question m'était cachée par le coude du couloir.

Je continuai, surprise de ma tension alors que quoi de plus normal qu'une porte qui s'ouvre et se referme. Mais après ce bruit, le silence qui suivit me donna la sensation troublante d'une présence derrière moi. Au fond cela pouvait être l'illusion d'une présence dans le couloir, due peut-être à des mouvements dans une pièce que j'avais longée. Je continuai donc à avancer, mes sandales humides chuintant légèrement sous mes pas.

Je m'arrêtai net : il était certain que quelqu'un marchait derrière moi. Mais ce qui m'en alertait n'était toujours pas un son, comme auraient pu l'être des craquements du bois qui courait le long du couloir. C'était davantage le glissement d'une onde qui me parvenait, peut-être par les fibres de ce même bois dont j'aurais pu entendre le craquement. C'était une sensation, comme une résonance assez lointaine qui pouvait bien venir de l'autre extrémité du couloir : peut-être que cette présence allait dans la direction opposée de la mienne, et que j'allais bientôt entendre une nouvelle porte s'ouvrir. Mais rien ne venait et je n'osais plus me retourner ni encore moins revenir sur mes pas pour m'en assurer, oppressée par une sensation vague qui mettait mon corps dans le doute de vouloir ou non en connaître l'origine. Je restais immobile, cherchant à entendre quelque chose, et à force d'essayer, j'entendis s'élever, dans ma tête, la scansion intraitable du contrebasson, suivi des violons, ouvrir la « Danse des chevaliers ». Désorientée par l'intrusion du thème oppressant, d'un mouvement réflexe je me précipitai vers la porte la plus proche de moi, l'ouvris, entrai, et fermai précipitamment derrière moi. Je me retrouvai dans ce qui devait être une salle de repos, définie par un fauteuil de faux cuir, une table, quelques chaises usées et un petit meuble de rangement sur lequel était posée une machine à café. La pièce était vide.

Je laissai la main sur la poignée et ne bougeai plus, l'autre main écartée de mon corps comme si son simple frottement avec mon peignoir aurait pu me démasquer : cachée derrière ma porte, aux aguets, retenant ma respiration j'écoutais. Aucun son ne parvenait du couloir. Je laissai mon corps se détendre. Et alors que j'allais retirer ma main de la poignée, je sentis à nouveau un flux, un souffle. Il était derrière la porte. À nouveau il ne s'agissait pas d'un son. C'était l'empreinte de son corps, et de sa respiration. Et sans comprendre pourquoi, sa respiration, derrière la porte, relança la mienne. Je me laissai faire. Je respirai, au même rythme que l'autre souffle, que je me représentai pénétrant le bois, s'y diffusant et se joignant au mien. Je sentis couler en moi le flux d'une sérénité résignée : derrière cette porte, je prenais soudain conscience que se trouvait la résolution de mon attente. Nous restâmes un moment ainsi, puis je le sentis s'éloigner. J'imaginai sa silhouette diminuer dans le couloir, son corps glisser entre les parois, dans le silence, souple, puis disparaître derrière la porte qui ouvrait sur l'hôtel. Ma main encore posée sur la poignée l'abaissa. Je sortis et, alors que mes pas, soumis à une injonction tacite, commençaient à le suivre, mon corps eut un mouvement de recul et s'arrêta. Je n'étais pas prête encore à la confrontation. Je rebroussai chemin vers les thermes.

XVIII

L'horloge surplombant le bassin central indiquait qu'il restait une heure encore avant la fermeture. Comme pour ouvrir la possibilité de la fuite, je rejoignis directement la piscine extérieure, fis quelques allers-retours à brassées lentes puis, appelée par la sérénité des bulles éclatant à la surface de l'eau, j'allai m'étendre sur les tubes qui les expiraient, contre le bord du bassin, face aux montagnes éteintes. J'étais seule. Je fermai les yeux, la tête appuyée contre la pierre d'angle.

Je dus m'endormir. Car lorsque je rouvris les yeux, je remarquai que la lune était apparue dans le ciel. Mais, bien qu'il fît indubitablement nuit, le soleil était également présent, et lui et la lune se tournaient autour en de larges cercles, l'un dans le sens inverse de l'autre. De leur frôlement, quand ils se croisaient, s'échappait un léger chuintement, peut-être le frottement de leurs atmosphères l'une contre l'autre. Le phénomène était étrange, mais le plus étrange était peut-être que bien qu'ayant conscience que ce que je voyais n'avait pas lieu d'être, je l'acceptais. Je l'observais de la même manière que j'aurais regardé un vol d'oiseaux migrateurs, ou un avion passer dans le trou d'un nuage comme dans le chas d'une aiguille, suivi par le fil de sa traîne.

La lune et le soleil, toujours tournoyants, se mirent à descendre. Bientôt ils furent au-dessus de la piscine, assez proches pour que je voie nettement les cratères de la lune et des flammèches autour du soleil. Le souffle qui les accompagnait, s'accentuant à mesure qu'ils s'approchaient était devenu un vrombissement, semblable à celui du rhombe, et ce son avait quelque chose de sombre, de menaçant.

Puis le soleil s'en alla. Comme s'il était descendu seulement pour accompagner la lune, il continua dans son élan et fila en tourbillonnant dans le ciel, jusqu'à disparaître. Alors le silence prit la place du son. Ce n'est pas le son qui cessa. C'est le silence qui s'installa. Un silence dense, pesant. Plus sombre et plus menaçant, peut-être, que le souffle du frottement du soleil et de la lune. Je baissai le regard sur la piscine. Elle était vide. J'étais seule face à elle : je crois que je n'étais plus dedans, mais face à elle, un peu en retrait, car je la voyais en entier. Et alors que je la regardais, le poids du silence commença de peser sur l'eau, qui perdit ses ondoiements, s'aplanit et se figea en une surface dure et semblable au plancher d'une scène. Je levai la tête. Les cycles de rotation de la lune s'étaient resserrés : elle tournait en de petites circonvolutions pressées, toujours plus étroites, jusqu'à s'arrêter de tourner autour du vide et stopper sa course au-dessus de moi.

Des cordes commencèrent à jouer. La musique semblait émaner de la lune, comme d'une gigantesque enceinte lumineuse en apesanteur dans le ciel. C'était une musique répétitive que je n'identifiai pas mais qui aurait pu être du Philip Glass. Alertée par un mouvement je baissai les yeux : d'une coulisse invisible sortaient des danseurs. Au rythme du pas, ils investirent le plateau. Ils étaient tous vêtus d'un costume aux pantalons-jupes faits d'un voile bleuté, large, souple et vaporeux, mêlant leurs corps et annulant leur genre, laissant le doute sur la question de savoir si c'était le danseur qui portait le tissu ou l'inverse, marionnette ou marionnettiste de son propre corps. Au rythme du pas toujours, ils entrèrent à leur tour dans une ronde et se suivirent ainsi, formant un cercle parfait pendant quelques minutes, jusqu'à ce que soudain l'un d'eux sorte du cercle, le croise en diagonale et, parvenu à la courbe opposée à celle qu'il avait quittée, fasse brusquement éclater le cercle, chaque danseur partant sur une ligne nouvelle. Dans le chaos généré par la rupture du mouvement, le rythme accéléra, et l'anarchie s'installa dans le groupe. Les danseurs fuyaient à travers la scène, se poursuivant et poursuivis, se faisant aspirer par les bords, butant contre une paroi imaginaire, renvoyés dans l'arène, s'entrechoquant, projetés dans la direction opposée, leurs voiles les tirant en arrière, les devançant, les enveloppant, se mêlant, mêlant leurs têtes, leurs bras, leurs jambes, dégageant une tête, un bras, une jambe, instantanément avalés dans le chaos. Et là-haut, la musique, haletante, scandait la débâcle.

Alors que la musique et le mouvement étaient à leur paroxysme, soudain les danseurs se rabattirent en fond de scène, d'un même mouvement, comme ayant répondu à un signal perçu d'eux seuls. La lune dans leur dos, visages et corps dans l'ombre ils restèrent immobiles, bras croisés sur la poitrine, tête penchée, à écouter la musique diminuer, lentement disparaître, puis le silence se faire. Quand celui-ci fut plein et dense, et alors que je commençais à douter de la permanence, dans la pénombre, des danseurs immobiles, l'air se balafra d'une scansion brutale, stridente et arpégée, émanant de cuivres. Aspirées par l'élan, des cordes entrèrent dans la rythmique saccadée pour projeter sur la scène un thème que je connaissais trop bien : celui de la « Danse des chevaliers ». Le bal des Capulets commençait. Les danseurs avaient relevé la tête au premier appel des cuivres, et alors que les cordes entamaient le thème, la ligne qu'ils formaient en fond de scène se déchira en son centre pour laisser paraître, fendant la pénombre, un couple. Celui-ci s'avança, marchant côte à côte d'un pas lent, rythmé et symétrique. Quand ils furent en milieu de scène, qu'ils s'y arrêtèrent, que la lumière pâle de la lune éclaira leurs peaux et leurs regards, je reconnus nous, je nous reconnus : Bilal et moi, Roméo et Juliette, sur scène, dans notre costume de lumière, prêts pour l'ultime répétition de notre premier ballet de danseurs étoile. Tandis que derrière nous les danseurs se réunissaient deux par deux, prêts à entamer le bal, d'un seul geste nous nous tournâmes l'un vers l'autre. Roméo se courba devant Juliette, lui tendit la main, qu'elle prit, puis relâcha. Elle s'échappa en courant sur le côté droit de la scène, se retourna vers lui et, alors qu'il tendait encore la main, elle s'élança vers lui, qui la récupéra dans ses bras, la pivota et la plaqua contre son torse, la retenant dos contre lui, face à moi.

C'était trop tôt. Je ne comprenais pas pourquoi déjà ils se préparaient au pas-de-deux de la scène du balcon. Mais ils y étaient, leurs corps tendus de concentration : ils étaient prêts pour l'arabesque lancée, tandis qu'au-dessus d'eux, la musique scandait encore ses accords funestes. J'aurais voulu leur dire de ne pas le faire : leurs muscles, leurs articulations étaient froids, j'essayai de crier mais ma gorge restait muette. Et déjà il posait ses mains sur mes hanches, se baissait en demi-plié et me brandissait en l'air, je me cambrais, les jambes en arabesque, un bras pointant le ciel, je verrouillais ma position, j'étais prête pour le lancer, il pliait jambes et bras, puis me projetait dans les airs. Mon mouvement ne suivit pas assez son élan et je retombai trop vite : il me rattrapa dans ses bras, me reposa au sol. Alors, sortant de la pénombre des coulisses, accompagnée par un faisceau de lune, Heidi entra sur la scène, nous pointa du doigt et cria : « Recommencez ! » Immobiles, nous serrant la main, nous la regardions, hésitants, quand elle cria encore : « Recommencez ! » La lune tourna son faisceau vers nous et nous pointa, empêchant la fuite. Nous reprîmes une fois : « Recommencez ! », puis une seconde : « Recommencez ! » Corps tirés par les fils de la soumission, il me lançait chaque fois plus haut, et chaque fois la chute était plus périlleuse, nos torses haletant, nos regards se fuyant, déjà tournés vers l'accident. Et alors qu'il m'avait une nouvelle fois projetée dans les airs, que j'avais élancé mes mains et mes jambes pour l'aider dans l'élan, alors que mon corps déjà retombant attendait une main pour le recevoir, la main attendue reçut mon bassin de travers, le choc se propagea dans le dos du danseur, qui se cabra, l'autre main attendue par la cuisse ne vint pas, mon corps se déroba, glissa sur le sien et chuta lourdement au sol, le frappant d'un genou, puis des hanches, puis des bras. Un cri s'éleva sur la scène, stoppant net la musique. Les danseurs se précipitèrent à petits pas serrés au centre du plateau, recueillirent le corps abîmé et, au ralenti, le portèrent en procession en fond de scène, suivis de Roméo, bras en croix sur la poitrine.

Au-dessus, le vrombissement de la lune se fit entendre à nouveau. Il arrêta le mouvement des danseurs, qui se figèrent dans leur position. C'est alors que je vis le plateau de la scène se fendiller, comme une plaque de glace, dans un petit craquement sec. La fissure se dédoubla, puis ses branches se multiplièrent, fusant et se propageant le long du sol. Quand la surface entière en fut couverte, un grondement sinistre résonna : la plaque se brisa, faisant réapparaître l'eau et, en son centre, un tournoiement qui entraîna un par un chaque danseur, jusqu'à ce que le dernier disparaisse, englouti, avalé par l'eau noire. Alors la surface se calma, se figea et le faisceau de la lune se redirigea vers les coulisses, d'où surgit à nouveau Heidi. D'un pas ferme elle entra sur la scène, s'arrêta au milieu de celle-ci, et salua. Elle se retourna, désigna de la main, derrière elle, ceux qui avaient disparu, refit face au public, resalua, et retourna en coulisses.

Le faisceau de la lune, qui l'avait raccompagnée, s'éteignit à sa disparition, et l'astre, reprenant sa révolution, commença de remonter dans le ciel. Parvenu à sa place originelle, il s'arrêta. Des nuages arrivèrent lentement de la gauche, et s'installèrent à leur tour. Tout était redevenu normal. À ce moment, je constatai que je n'avais pas quitté le bain, appuyée contre sa paroi, les bras étendus sur le rebord. Derrière ma tête, l'eau gargouillait en tombant dans la rigole. J'étais seule dans la nuit noire. L'air était froid, et une légère fumée de brume s'élevait de l'eau tiède, me cachant l'autre extrémité du bassin.

Je restai là, pensant à ce rêve énigmatique, me demandant pourquoi j'y avais convoqué Heidi : après tout, je savais qu'elle ne viendrait plus. J'en ressentis un pincement de regret : j'aurais voulu savoir, à cet instant, quelle blessure avait existé en elle pour avoir toujours rejeté si fort l'échec, pour avoir tant haï la faiblesse.

Je m'apprêtais à nager pour rejoindre le bassin intérieur quand, à l'autre extrémité de la piscine, émergeant en partie de l'eau, je perçus une silhouette, appuyée elle aussi contre le rebord. La vapeur en estompait le contour qui dans l'obscurité ondoyait, lapé par les effluves blancs. Un coup de vent dégagea ceux-ci le temps de révéler que mon point de mire était

Siegfried, qui me regardait. Une vague de chaleur se propagea dans mon corps. Transperçant la barrière de vapeur son regard me brûlait. Je baissai la tête sur mon corps. Blafard dans la lumière bleuâtre de l'éclairage nocturne, il était couvert de micro bulles qui tissaient sur ma peau une fine gaze blanche. Un nouveau filet de vent souffla sur l'eau et dégagea mon champ de vision. Il avait disparu. Je frissonnai : l'eau soudain était devenue froide. Je nageai jusqu'au bassin intérieur.

Je serais certainement remontée par l'ascenseur si je n'avais vu ces gouttes d'eau au sol. Je les suivis, miroitantes dans le couloir tamisé, comme les miettes du petit poucet dans la pénombre de la forêt, qui derrière moi disparaîtraient, avalées par les dalles de pierre. Elles me menèrent à l'escalier de service. Sa porte était légèrement entrebâillée : elle était en train de se refermer, doucement. Je montai les marches, laissant traîner une main sur le mur, petite part de moi qui peut-être n'était pas bien sûre, pas bien décidée, ou pas bien convaincue, encore, que l'attente était terminée. Je pensais avec nostalgie à Hector et Amalia, qui devraient chercher une autre chambre pour se retrouver.

Je montais vers la petite fêlure sur cette marche, là-haut, et je me demandais si elle avait fini par éclater. Je me demandais aussi si j'étais remontée par cet escalier la veille. Mes souvenirs se mélangeaient. J'étais fatiguée. J'avais la tête un peu lourde d'ailleurs, et un peu de vertige aussi, ou peut-être était-ce l'escalier, qui me faisait tourner en rond. Je m'arrêtai un moment. Quand je passerais ce dernier tournant, je verrais la marche, et sa petite fêlure. J'avais envie de la voir telle qu'elle était restée dans mon souvenir, toute fine et tout innocente, je me dis que cela me rassurerait. Ma main qui traînait au mur rejoignit mon peignoir, qu'elle referma un peu, il faisait frais dans l'escalier, et je repris ma montée, je pris le dernier tournant. Et là je vis.

Assis sur la dernière marche, Siegfried m'attendait. « Je vous attendais », me dit-il d'ailleurs. « Êtes-vous déjà montée sur la terrasse du toit ? » me demanda-t-il, caressant du doigt une aspérité, peut-être, de la marche. « L'air est agréable ce soir, vous en conviendrez, et le ciel clair offre une belle vue sur le lac ». Il se leva, et me tendit la main.

XIX

Nous arrivâmes sur le toit par un étroit escalier en colimaçon. Je m'arrêtai au seuil de la terrasse. Il la traversa pour rejoindre la balustrade. Il regardait droit devant lui. Il semblait fragile, au bout du toit, tout contre le bord, tout contre le vide. La balustrade n'était pas bien haute. Je m'approchai.

« L'air est lourd, n'est-ce pas », m'avait dit Heidi. Je ne lui avais toujours pas répondu. J'avais rangé le tensiomètre, puis ouvert la fenêtre, et j'étais sortie sur le balcon. Elle était sortie aussi, était allée s'accouder au garde-corps. Je me tenais derrière elle, pensive. Son collier de perles s'était accroché à son col, je l'avais dégagé. Elle avait repoussé ma main d'un geste sec. « Et ce chauffeur qui n'arrive pas. On ne peut vraiment faire confiance à personne. Et regardez, dessous, les voisins qui s'absentent sans leurs plantes faire arroser. Le jasmin va mourir. Je pourrais l'arroser n'est-ce pas ? Ce serait amusant. Mais pourquoi le ferais-je ? » Elle s'était penchée, scrutant le balcon du dessous, épaules et nuque tendues pour voir plus loin dans la profondeur du plateau.

À quelques pas de son dos je m'arrêtai. Je regardai sa nuque. Il la pencha, légèrement. J'avançai ma main, qui manqua de la toucher, puis s'abaissa. Je vins à son côté. Loin devant nous, un pétard, silencieux, embrasa brièvement le pied de la montagne. De furtives ondes lumineuses filèrent sur le lac. Il semblait calme.

Je ne sais pas ce qui a décidé mon geste, ce qui a poussé ma main à se poser sur son épaule, puis à pousser plus loin le mouvement, comme pour voir si le corps passerait facilement par-dessus la balustrade.

Il continuait de regarder droit devant lui. Je suivis son regard, pour tenter de déceler ce qu'il observait exactement. La nuit, probablement, simplement la nuit. Il dit : « Vous ne devriez pas laisser le collier dans la chambre quand vous n'y êtes pas : on pourrait vous le voler. » Son visage n'exprimait aucune émotion, il aurait aussi bien pu m'annoncer le menu du lendemain. Puis il se tourna vers moi.

Je sais encore moins pourquoi, alors qu'elle poussait des petits cris interrogatifs, les mains cherchant à s'accrocher là où elles le pouvaient encore, j'avais agrippé son collier de perles, pour la retenir, ou le voler. « Vous avez perdu ceci », me dit-il en me présentant sa main, qu'il ouvrit sur une petite luciole ronde. Une perle. Il ne me la donna pas. Il la roula entre les doigts, pensivement. Le cordon tirant sur sa gorge avait fait taire la voix de Heidi avant de se briser net. Quelques perles s'en étaient échappées et j'avais fermé la main sur le reste. « Quand nous avons découvert le corps, continua-t-il, nous avons trouvé quelques perles autour d'elle. Sauf celle-ci, qui avait roulé derrière un pot. Je l'ai ramassée. Mes hommes n'ont pas trouvé le collier, ont constaté le portefeuille vide et en ont conclu que c'était un cambriolage qui avait mal fini. Je ne les ai pas contredits.

– Pourquoi ? »

Heidi ne tenait désormais plus à rien : son buste avait entraîné ses hanches qui avaient entraîné ses jambes que j'avais aidées un peu, ses bras papillonnant, cherchant un secours encore dans les airs. Il haussa les épaules. « J'étais curieux. J'avais trouvé à côté de son téléphone une carte de l'hôtel. J'ai appelé, on m'a dit qu'on l'attendait dans quelques jours, ainsi que vous, un peu plus tôt. On m'a donné votre nom bien sûr. Votre nom, je l'ai retrouvé sur la tranche d'un ouvrage dans sa bibliothèque. La transcription d'une chorégraphie. » Elle était déjà entre les deux étages, son corps frêle se disloquant, quand je m'étais demandé comment on pouvait avoir toute sa vie dessiné si brillamment l'envol et la réception des corps, et chuter si mal, de manière si grotesque, quand on savait pourtant, et elle le savait bien sûr, que c'était sa dernière représentation. « C'est très élégant, tous ces signes, poursuivit-il. J'étais curieux. J'avais besoin de vacances. Je suis venu.

– Pourquoi avoir attendu si longtemps pour me confronter ?

– Parce que je me suis rendu compte que vous m'observiez. Pendant que vous m'observiez je vous observais.

– Pourquoi ?

– Pourquoi êtes-vous venue ici ?

– Parce que je ne savais où aller. Peut-être que j'avais besoin de vacances aussi. Ou de m'habituer à l'isolement.

– Quelle idée de prendre la fuite... il était tellement facile de faire croire à un accident. »

Un instant, j'avais eu pitié d'elle et, si elle l'avait demandé, si cela avait été possible, je lui aurais offert un deuxième essai, pour sa cabriole.

– Ce n'était pas un accident.

Je me surpris de la fermeté avec laquelle les mots sortirent. Il me regarda, de la curiosité dans les yeux, une curiosité ouverte, sans jugement. D'une voix calme, un peu déçue, il dit :

– C'est dommage... En êtes-vous sûre ?

Dans son regard je vis les possibles qu'il contenait. Nous aurions pu, il suffisait de. Mais :

– Oui, je suis sûre.

– Dans ce cas... » Il déposa la perle dans sa paume, la faisant rouler de l'index, d'un mouvement hésitant, la tête un peu penchée. Puis, brusquement, il referma sa main sur elle et releva les yeux sur moi. « Dans ce cas, je dois vous arrêter pour le meurtre de Heidi S. »

Je soutins son regard.

Il se retourna vers le lac, avança la main au-dessus de la balustrade, joua un peu avec la perle entre ses doigts et, prenant ma main, l'ouvrit et la déposa dans ma paume. Ses doigts glissèrent sur les miens en se retirant, plus légers qu'un frôlement. Je gardai un moment la perle, puis basculai légèrement la main, et la laissai rouler. On la regarda disparaître, attendant le bruit de sa chute sur les dalles de l'entrée. Mais aucun son ne nous parvint.

Le choc du corps avait été plus silencieux que je ne l'attendais.

On se pencha, on la chercha des yeux.

« Vous la voyez ?

– Non.

– Elle a dû tomber dans une fente. »

Elle reposait à plat ventre, un bras coincé sous son corps, jambes légèrement écartées, tête coincée contre le bord du pot du jasmin, qu'elle avait tapé. Un petit filet de sang commençait à couler de son front. Je le regardai s'étendre et rejoindre la bordure du balcon, comme l'aurait fait l'eau du jasmin, s'il avait été arrosé, tout en roulant dans mes doigts les perles du collier que j'avais rentré dans ma poche.

Enfin la perle apparut, hésitante, roulant avec lenteur et tirant derrière elle une trainée lumineuse. Elle allait s'effacer dans l'herbe quand je vis, le pas pressé, un homme accourir et la ramasser. Il leva les yeux : c'était Hector. Son regard se baissa et se dirigea vers un point hors de mon champ. En sortit une silhouette que je reconnus être Amalia, qui le rejoignit. Il lui prit la main et y déposa la perle. Elle leva aussi la tête. Puis ils s'éloignèrent dans le parc et se laissèrent absorber par l'ombre. Je pensai alors que ce sang allait goutter au sol, sur le trottoir, et qu'il ne fallait pas que je traîne là. Je me retournai vers Siegfried : il avait disparu.

Je partis, laissant la porte ouverte derrière moi.

Achevé d'imprimer
le 15 août 2022
pour le compte
des Editions de l'Aire SA, Vevey

Photocomposition : Véronique Wild

Imprimé en Europe